20
ロクでなし魔術講師と禁忌教典
Akashic records of bastard magic instructor

Akashic records of bastard magic instructor

CONTENTS

「大丈夫よ、グレン……
私は逃げない」
＝
ナイト

「嬉しいよ……リィエル。
まさか、キミがボクと同じ領域に
来てくれるなんて！」
リィエル＝
レイフォード
エリエーテ＝
ヘイヴン

ロクでなし魔術講師と禁忌教典《アカシツクレコード》20

羊 太郎

ファンタジア文庫

3170

口絵・本文イラスト　三嶋くろね

教典は万物の叡智を司り、創造し、掌握する。
故に、それは人類を
破滅へと向かわせることとなるだろう——。

『メルガリウスの天空城』著者：ロラン＝エルトリア

Akashic records of bastard magic instructor

Character

Main

システィーナ＝フィーベル

—

生真面目な優等生。偉大な魔術師だった祖父の夢を継ぎ、その夢の実現に真っ直ぐな情熱を捧げる少女

グレン＝レーダス

—

魔術嫌いな魔術講師。いい加減でやる気ゼロ、魔術師としても三流で、いい所まったくナシ。だが、本当の顔は――？

ルミア＝ティンジェル

—

清楚で心優しい少女。とある誰にも言えない秘密を抱え、親友のシスティーナと共に魔術の勉強に一生懸命励む

リィエル＝レイフォード

—

グレンの元・同僚。錬金術で高速錬成した大剣を振り回す、近接戦では無類の強さを誇る異色の魔導士

アルベルト＝フレイザー

—

グレンの元・同僚。帝国宮廷魔導士団特務分室所属。神業のごとき魔術狙撃を得意とする凄腕の魔導士

エレノア＝シャーレット

—

アリシア付侍女長兼秘書官。だが、裏の顔は天の智慧研究会が帝国政府側に送り込んだ密偵

セリカ＝アルフォネア

—

アルザーノ帝国魔術学院教授。若い容姿ながら、グレンの育ての親で魔術の師匠という謎の多い女性

Academy

ウェンディ＝ナーブレス

—

グレンの担当クラスの女子生徒。地方の有力名門貴族出身。気位が高く、少々高飛車で世間知らずなお嬢様

リン＝ティティス

—

グレンの担当クラスの女子生徒。ちょっと気弱で小柄な小動物的少女。自分に自信が持てず、悩めるお年頃

ギイブル＝ウィズダン

—

グレンの担当クラスの男子生徒。システィーナに次ぐ優等生だが、決して周囲と馴れ合おうとしない皮肉屋

カッシュ＝ウィンガー

—

グレンの担当クラスの男子生徒。大柄でがっしりとした体格。明るい性格で、グレンに対して好意的

セシル＝クレイトン

—

グレンの担当クラスの男子生徒。物静かな読書男子。集中力が高く、魔術狙撃の才能がある

ハーレイ＝アストレイ

—

帝国魔術学院のベテラン講師。魔術の名門アストレイ家出身。伝統的な魔術師に背くグレンには攻撃的

Character

Keyword

魔術

Magic

—

ルーン語と呼ばれる魔術言語で組んだ魔術式で数多の超自然現象を引き起こす、
この世界の魔術師にとって『当たり前』の技術。
唱える呪文の詩句や節数、
テンポ、術者の精神状態で自在にその有様を変える

教典

Bible

—

天空の城を主題とした、いたって子供向けのおとぎ話として世界に広く流布している。
しかし、その失われた原本(教典)には、
この世界にまつわる重大な真実が記されていたとされ、その謎を追う者は、
なぜか不幸に見舞われるという——

アルザーノ帝国魔術学院

Arzano Imperial Magic Academy

—

およそ四百年前、時の女王アリシア三世の提唱によって巨額の国費を投じられて
設立された国営の魔術師育成専門学校。
今日、大陸でアルザーノ帝国が魔導大国としてその名を
轟かせる基盤を作った学校であり、常に時代の最先端の魔術を学べる最高峰の
学び舎として近隣諸国にも名高い。
現在、帝国で高名な魔術師の殆どがこの学院の卒業生である

Keyword

幕間《まくあい》1　燃ゆる帝都にて

「帝国一千年の歴史は、ここに潰《つい》えるのか」

男がパイプの紫煙を、ふぅと吐いた。

齢《よわい》四十ほどの銀髪の紳士だ。身に纏《まと》うスーツはボロボロに草臥《くたび》れている。

そんな男が悄然《しょうぜん》と佇《たたず》むそこは、ウェステリアスター寺院に聳《そび》え立《た》つ鐘塔最上階。

悠久の時を刻み続けてきた巨大な鐘を背に、その男は吹きさらしの塔内に佇んでいる。

男が鐘塔から見下ろす外の光景は、まるでこの世のものとは思えなかった。

一言で言えば、地獄だ。

つい数日前まで、繁栄と栄光に輝いていた世界有数の大都市——アルザーノ帝国の帝都オルランドは、今や世界有数の墓標と成り果てた。

無数の建物が倒壊し、燃え上がっている。

大時計塔、サンシャイン凱旋門《がいせんもん》、聖バルディア大聖堂、帝国博物館、アルザーノ帝国大学……この国が世界に誇る歴史的建造物達が半壊し、燃え上がっている。

代々帝国王家に連なる者達が御所としたフェルドラド宮殿は、完全に破壊された。

そんな破滅に蹂躙《じゅうりん》された都市内を、我が物顔で歩くは死者の群。

生ける屍《ゾンビ》となりて尚《なお》、死にきれず死に続ける哀れなる者達が——尽きぬ空腹感と飢餓感に衝《つ》き動《うご》かされ、獲物を求めて徘徊《はいかい》している。

上がる炎に照らされて浮かび上がる、死者達の崩れた顔たるや醜悪の極み。

何もかもが、かつてと変わって、されど王立公園《ロイヤル・パーク》やサンタローズ大通りだけは、今日も変わらない——噎《む》せ返《かえ》る腐臭と血臭、呻《うめ》き声を〝活況〟と呼べるのであれば。

「〝世の罪を除き給《たま》う主よ、我らを憐《あわ》れみたまえ〟」

目を覆わんばかりの有様《ありさま》に、男が沈痛な顔で柄にもなく聖句を唱えていると。

「……貴方《あなた》」

背後から声がかかった。

男が振り返れば、いつの間にか、そこには一人の女性が立っていた。

若々しい容姿の淑女だ。纏うドレスは、銀髪の男と同じくボロボロだが、それでもその気品に満ちた美しさは隠しようがない。

彼女がその男の妻であり、今年で十六歳となる娘を持つ母親だと聞いても、信じられぬ者多数だろう。

「フィリアナか。どうした？　何か進展があったか？」

己を呼びに来た妻の登場に、銀髪の男――レナード＝フィーベルは、少し緊張した面持ちで振り返った。

「朗報よ。ここならきっと上手《うま》くいくって……彼が」

「そ、そうか！」

妻フィリアナの報告に、レナードは微《かす》かに表情を輝かせた。

「ならば、こうしてはおれん！　早速、彼を手伝わねば！」

そう言って、レナードはフィリアナを伴い、鐘塔内の階段を足早に下りていくのであった。


息せききって二人が駆けつけたのは、寺院内陣部にある大礼拝堂だ。

巨大な祭壇、聖印、天井のステンドグラス……様々な物が壊れて散らかった、雑然とした空間ではあったが、そこには何人かの人の気配があった。

礼拝堂の隅で両膝を抱え、何もかも諦めたように蹲《うずくま》る金髪の娘が一人。

その金髪の娘を励ますように寄り添う、どこか儚《はかな》げな印象の娘が一人。

その二人から少し離れた場所、壁際《かべぎわ》で腕組みして佇む金褐色の髪の淑女が一人。

そして、礼拝堂の中心でかがみ込み、なんらかの作業をしている金髪の青年が一人――

「ヒューイ君！　妻から聞いたよ！　件《くだん》の話は本当かね⁉」

レナードは、その金髪の青年の下へ歩み寄り、やや興奮気味に声をかける。

すると、作業中の金髪の青年――ヒューイ＝ルイセンは顔を上げ、穏やかに頷《うなず》いた。

「ええ。僕達が探していた特殊霊脈《レイ・ライン》はこの場所に通っています」

「そ、そうか……ついに見つけたのだな……ッ！」

「はい。これを利用すれば、この帝都から脱出できる空間転移法陣を組めます。はっきり言って魔術解析の機材も時間もないため、どこへ転移するかは不明ですが……」

「構わん。こんな逃げ場のない地獄と化した帝都よりはマシだよ」

「はい。そして、その脱出のための法陣の構築は……レナードさんにフィリアナさん……貴方達のような超一流の魔術師の協力が必要なのですが」

「無論、協力させていただく！」

レナードが一同に振り返り、力強い言葉で言い放った。

「みんな！　成り行きで身を寄せ合った我々だが、ここに来るまで全員で力を合わせて、よく頑張った！　その努力が報われる時だ！　我々は助かるぞ！」

すると、礼拝堂の隅で両膝を抱え、何もかも諦めたように蹲る金髪の娘が、呆《ほう》けたように涙に濡《ぬ》れた顔を上げた。

「た、助かる……？　本当に……助かるのですか、私達……？」

「言ったでしょう？　希望を捨てず、強い意志をもって歩けば、道はあるんだって」

金髪の娘に寄り添っていた儚げな印象の娘──その印象とは裏腹に、強い心《しん》を持つ娘が励ますように言った。

「貴女《あなた》ったら、早々に諦めて、泣き喚《わめ》いて蹲っちゃって……そんな貴女の手を引いて走るの、本当に大変だったんだよ……？」

「ご、ごめん、ネージュ……私、母様や妹には、もう二度と会えないと思って……」

「といっても、私達の通う大学にあの死者の群が押し寄せてきて、地獄と化した帝都を逃げ回る私達を、ニーナさんが救ってくれなかったら……」

儚げな印象の娘──ネージュ＝ディレックが、少し離れた場所に佇む金褐色の髪の淑女へ目を向ける。

「あの時は、本当にありがとうございました、ニーナさん。まさか、あのウィーナス商会のうら若き会長さんが、あんなに武術に長《た》けているとは驚きました」

「あはは、昔取った杵柄《きねづか》ってやつだね」

金褐色の髪の淑女──ニーナ＝ウィーナスが照れたように笑う。

「それでも、その後、フィーベル夫妻と運良く合流できなかったら、危なかったよ。改めてお礼申し上げます、Mr.レナード、Mrs.フィリアナ」

「うふふ、困った時はお互い様、ですよ」

「うむ。それにお礼を言いたいのは、こちらの方だ。ニーナ君」

フィリアナが穏やかに微笑《ほほえ》み、レナードが改まる。

「実は彼女……私達の古い友人の娘でね」

レナードは、両膝を抱える金髪の娘に優しい目を向けて言った。

「私が若い頃、その友人には大層世話になった。ゆえに、この危難に際し、なんとしてもその友人の娘だけは救おうと思ったのだが……」

「私と夫が駆けつけた時は、もう彼女が通う大学は破壊されていて……」

「なんとか、彼女の足取りを魔術で辿《たど》って……間に合って本当に良かったよ。ニーナ君、君が守ってくれたお陰だ」

「あはは、そんな……私なんか……」

謙遜するニーナに、レナードはばつが悪そうに続ける。

「それに、私としたことがまったく不甲斐《ふがい》ない。おっとり刀で駆けつけはしたものの……今、こうしてこの帝都脱出の目処《めど》が立っているのは、全てヒューイ君のお陰だ」

「そうですね……偶然、ヒューイさんと合流できなかったら、今の帝都からの脱出の算段なんて、ひっくり返ってもつきそうにありませんでしたからね……」

フィリアナが少しだけ膨れて、夫レナードの腕を突く。

「貴方のその、自分が正しいと信じたことに向かって、何も考えなしに突っ走る癖……昔から全然、変わってませんね」

「う、うぅ……痛いところを突くなぁ、我が愛する妻よ」

「そんな貴方に付き合わされる私の身にも、なっていただきたいのだけれど」

「う、う、うぉおおぉぉぉぉおぉ……す、すまぬ……」

「でも、私、そんな貴方のことが大好き」

「妻よぉおおおおおおおおおおおおおおおおおお──っ！」

感極まったレナードが、号泣しながらフィリアナに抱きついた。

帝都脱出を目指して行動を共にするこの一行のリーダーは、レナードだ。

この中の年長者というのもあるが、その卓越した魔術の腕と状況判断力、何よりもその勇敢さと不屈の意志がみんなを引っ張り、自然とそうなった。

これまでの行程で、ここにいる誰もがレナードを信頼している。

だが、そんなレナードも、妻にはまったく頭が上がらない。

そんな微笑ましい姿に、ネージュはつい、くすくす笑ってしまう。

「ふふふ……なんだか、レナードさんって、あの人に似てます」

「ん？　……あの人ってなんだい？　ネージュ」

目を瞬《しばたた》かせるニーナに、ネージュが頷いた。

「詳しくは言えませんが……私、帝国大学に通う前、とある病気にかかっていて……そのせいで、自分の人生の先行きに何も希望を見出《みいだ》せなくて。

でも、ある日、あの人が私の手を強引に摑《つか》んで、引っ張って助けてくれたんです……文字通り、自分の命をかけて。

だから、私、あの人みたいに強くなろうと思って……少しでも誰かを救えるように、大学で医者を目指して……」

「そっか……ネージュにとって、とても大切な人なんだね」

「……はい……」

幸せそうに、穏やかに頷くネージュに、ニーナも言葉を続ける。

「私もね……そんな人がいるんだよ」

「え？　ニーナさんもですか？」

「うん。子供の頃……あの子に、私は色々なことを教わった。そして、私に降り掛かった理不尽を、あの子は強い思いで吹き飛ばしてくれた。本当に格好いい……私にとって最高の『正義の魔法使い』君……あの子がいなかったら、きっと今の私なんてない……」

ニーナがちらりとレナードを流し見て、懐《なつ》かしそうに微笑む。

「そうだね。レナードさん……真《ま》っ直《す》ぐなところが、ちょっとあの子に似ているかも」

すると。

「ふふっ……」

今度は、大広間の中央で法陣構築作業を行っているヒューイが含むように笑った。

「……いえ、笑ってすみません。ネージュさんやニーナさんが語るその人が……僕の知っているとある人物に、人となりがとてもよく似ているので」

「え？　ヒューイさんにも、そんな人が？」

「はい」

ヒューイは法陣を構築する手を止めず、懐かしむように言葉を続ける。

「かつての僕は……本当に救いようのない人間の屑《くず》でした。自分で何一つ選択せず、周囲に流されるまま……取り返しのつかないことをしようとしてしまった」

「…………」

「でも、彼に殴られて、ようやく目が覚めました。未《いま》だ罪を償う中途の身ではありますが……今は僕にできることをしたい。それが彼の恩義に報いることだと思って」

そして、ヒューイもレナードを見て、苦笑する。

「そうですね、そんな彼の強き意志は……レナードさんに似ているのかもしれません」

「そうだったんですか……」

すると、金髪の娘が憧れるように言った。

「皆さん、本当に素敵な恩人の方々がいらっしゃるんですね……私も、一度、お会いしてみたい……そんな強く、素晴らしい人達に……」

そして、そんな金髪の娘とは対照的に。

「愛する妻、フィリアナよ。なんだろう？　なんだろうな、これ？」

レナードが、どこか渋面になりながら、ジト目でぼやく。

「とても、光栄な話なのだが……なんかこう、今の三人の話、奇妙な違和感というか……なぜか、私の可愛《かわい》い娘を誑《たぶら》かす、あのにっくき魔術講師の顔がチラチラと」

「あらあら、貴方《あなた》ったら。お疲れなのでは？」

言葉にならない直感で何かを鋭敏に感じとったらしいレナードに、フィリアナはまったく取り合わず。

そんな夫妻を見て、一同がくすくすと笑って。

アルザーノ帝国首都、帝都オルランドに《最後の鍵兵団《ウルティムス・クラーウィス》》を名乗る死者の軍団が雪崩《なだ》れ込んで以来、生存をかけて、地獄と化した帝都を必死に駆け回り続けてきた一行に、ほんの一時だけ、穏やかな安らぎが訪れるのであった。

────。

「……あともう少しで空間転移法陣が完成します。皆さん、脱出の準備を」

ヒューイが、床に複雑怪奇な魔術法陣をもの凄《すご》い速度で構築しながら、言った。

その言葉に、一時の休息を取っていた一同が立ち上がり、表情を引き締める。

「いよいよか……しかし、なんて凄《すさ》まじい、空間操作魔術の技量だ」

空間転移法陣の基礎術式部を補助担当していたレナードが、完成に近付いた法陣を改めて見渡しながら、感服したように言った。

「ヒューイ君。率直に言って、君は空間操作魔術の大天才だ。君ほどの魔術師が、今まで無名だったなんて信じられない。……君は一体、何者なのかね？」

「すみません、レナードさん。僕の素性は、後で必ず話します。でも、今は……」

「わかっているよ。我々がここまで辿り着《つ》けたのは、君のお陰だ。何者であろうが、私は君を信じるさ」

「……ありがとうございます」

「うむ。よし、それでは法陣の最後の仕上げだ――」

そう言って。

レナードが指先に魔力を込め、さらなる術式を床に書き連ねようとして。

ふと、レナードは指を止めて、立ち上がった。

「……貴方？」

「フィリアナ。すまないが、私に代わって続きを頼む」

レナードがどこか険しい表情で、妻に向かってそう頼んだ……その時だった。

パキィイイイインッ！

何か硝子《ガラス》のようなものが割れ砕ける音が、辺りに響き渡った。

同時に、その場を守っていたなんらかの不可視な力が消失していくことが、霊的な感覚に優れる魔術師ならば理解できただろう。

「え？　今のは……そんな⁉　私が張った、死者達からこの寺院を守る聖域結界が破られたのですか⁉」

愕然《がくぜん》とするフィリアナを他所《よそ》に。

「みんな、下がっているんだ」

レナードが、一同を背に庇《かば》うように立つ。

重苦しい緊張感漂う中、しばらくすると。

かつん、かつん……正面扉の外から、この礼拝堂に向かって悠然とやって来る何者かの足音が響いてきて。段々近付いてきて。

ぎぃ……木が軋《きし》る音と共に、扉が開く。

姿を現したのは――黒の喪服を身に纏《まと》った女であった。

鴉《からす》の濡《ぬ》れ羽色《ばいろ》を思わせる黒髪に黒瞳《こくとう》、病的なまでに白い肌はまさに死人がごとく。

その瞳に宿り渦巻くは、仄暗《ほのぐら》い狂気と闇。その場に在るだけで、周囲の闇がより一層深く、濃くなるよう錯覚させる。

その女の名は――

「エレノア゠シャーレット……しつこい女だな、君も」

レナードが身構えながら、吐き捨てるように言った。

「何度も言ったが、彼女は君に渡さぬよ」

そんなレナードの塩対応に、喪服姿の女——天の智慧《ちえ》研究会、第二団《地位》《アデプタス・オーダー》エレノア＝シャーレットは、暗闇にすっと朱を引くように微笑《ほほえ》むのであった。

「そうはいきませんわ」

エレノアが、怯《おび》える金髪の娘へ、冷ややかな流し目を送る。

「ご機嫌いかがですか？　レニリア＝イェル＝ケル＝アルザーノ王女殿下。再び、お迎えに上がりましたわ」

「ひ——ッ⁉」

「貴女《あなた》は、あの御方《おかた》の……大導師様のお側《そば》にいるべき御方。

御身は、万が一の事態に備えての、ルミア＝ティンジェルの代替品《スペア》。保険。

さぁ、参りましょう、王女殿下。貴女は、偉大なる大導師様の悲願達成の……この世界を救済する礎《いしずえ》になれるやもしれぬ器なのですわ。とても光栄でしょう？」

「礎……？　大導師……？　わけがわかりません！」

金髪の娘——レニリアが頭を抱えて、いやいやと振りながら叫んだ。

「貴女は一体、何者なのですか⁉　どうして、こうも執拗《しつよう》に私を狙うのですか⁉」

そう。

このレナード達の帝都脱出劇は……終始、このエレノアとの鬼ごっこであった。

執拗なまでに迫り来るエレノアをなんとか撒《ま》き続けて、一行はここまで辿《たど》り着いたのだ。

「悪党の言葉に耳を貸してはならんよ」

レナードが、レニリアを手で制し、前に出る。

「さて。帝都がこうなって以来、君とこうして対峙《たいじ》するのは何度目かな？」

「そうですね。もう、数え切れないほどの逢瀬《おうせ》を果たしました」

「生憎《あいにく》、私は妻一筋でね。君のような若き女性からの情熱的なアプローチは、男として満更でもないが……いい加減、お引き取り願おうか」

「略奪愛こそ、総身が燃え上がるというものでございましょう？　もっとも――」

エレノアが、さっと両手を広げれば。

不穏な魔力が一気に高まり、エレノアの周囲の空間に無数の『門』が開き――

「――我が物にしたいのは、レニリア王女殿下なのですがねぇ――ッ！」

アアアアアアアアアアアアアアアアアア――ッ！

その『門』から、大量の死者の群が、この礼拝堂へ雪崩れ込んでくる。

外に徘徊《はいかい》する死者達とは違う。腐り果てて造形が崩れ、生前の姿など想像もつかないが

──なぜか全員、女性の死者達だ。

そんな悍《おぞ》ましき生ける屍《しかばね》の女達が、密集陣形《ファランクス》で一斉にレナードへと殺到し──

「ふん──」

対し、レナードが悠然と左手を振るった。

その左手には、人差し指から小指まで、計四つの指輪が嵌《は》められており──その指輪の宝石が、赤、青、黄、緑の四色に光り輝いて。

突如、身を焦がさんばかりの猛火が渦を巻き、魂を凍りつかさんばかりの吹雪が駆け抜け、大蛇のような電撃がのたうち回り、鋭い風の真空刃が乱舞して──

衝撃音。

無詠唱で瞬時に起動された四つの攻性呪文《アサルト・スペル》が、迫り来る死者の群を、エレノアごと吹き飛ばし、壮絶に薙《な》ぎ払《はら》うのであった。

「……私の目の黒いうちは、彼女との交際など認めぬよ」

左手に漲《みなぎ》る魔力の残滓《ざんし》を払い、レナードが威風堂々と睥睨《へいげい》する。

「最早《もはや》、君の正体や、王女殿下をつけ狙う目的など知らぬ。ただ、一人の魔術師として、女王陛下に忠誠を誓う一帝国民として、私は滅ぼすべき敵を滅ぼそう」

「うふふ。相変わらず凄まじき魔導の技の冴《さ》え。さすがはレナード＝フィーベル様。特務分室の執行官達にも勝るとも劣りませんわ……」

レナードの魔術を受けたエレノアの半身は、完全に炭化し、腕は切り落とされ、下半身が凍りついている。

破壊された顔半分は、骨まで見えるような酷《ひど》い有様《ありさま》だ。

だが——ずずず、と。

完膚なきまでに、致命傷を負わされたはずのエレノアの姿が——元に戻っていく。

わだかまる闇が、エレノアへと集まっていくと共に、あの見るも無惨《むざん》な傷が、まるで夢か幻のように治っていく。

「ああ、それにしても、なんて情熱的で激しい責め……身体《からだ》が火照《ほて》って熱い……本当に、貴方様《あなたさま》を私の物にしたくなって参りましたわ……」

やがて、苦もなく完全な姿を取り戻したエレノアは、喪服のスカートの両脇を摘《つ》まみ、優雅に一礼するのであった。

（くっ……やはり、効かぬか……）

レナードが歯噛《はが》みする。

生存をかけた、帝都脱出劇――レナードは、ここに至るまで、レニリアを狙ってくるエレノアと何度も交戦した。

だが、何度致命傷を与えても、エレノアは斃《たお》れない。不死身だ。

エレノアが死霊術《ネクロマンシー》で召喚する死者の数も、まるで際限がない。無限だ。

レナードとて、アルザーノ帝国では有数の高位階魔術師。

自分が魔術師としての技量でエレノアに劣っているとは思わないが、相手が不死身、物量無限とあれば、勝負の行方は目に見えている。

実際、ここまでの行程で、レナードの残存魔力も限界だ。マナ欠乏症が近い。

エレノアの力の正体は、未《いま》だ欠片《かけら》も見えない。

(くっ、拙いな……あともう少しで脱出だというのに……ッ！)

虚空《こくう》に次々と門を開き、際限なく女性の死者達を召喚し始めるエレノアを前に、レナードが歯噛みする。

「「「ダルァアアアアアアア――ッ！」」」

そして、再召喚された死者の一匹が、レナードへ獣のように飛びかかってきて。

「レナードさんッ！」

刹那、俊敏に割って入ったニーナの裏回し蹴りが、その死者を吹き飛ばす。

「あともう少しなんです！　ヒューイさんが法陣を完成させるまで、なんとか凌《しの》ぎましょう！」

帝国式軍隊格闘術の構えで、レナードに並ぶニーナ。

かなり洗練されている。ニーナの動きはとても素人《しろうと》ではない。

近年、飛ぶ鳥を落とす勢いの大手商会の若き女会長が、なぜこのようなスキルを持っているかは、レナードの与《あずか》り知るところではないが……

「うむ、そうだな！　法陣とレニリア殿下には、一歩も近付けさせん！」

再び、レナードは指輪の嵌まっている左手を振るった。

発生する炎嵐が、津波のように迫り来る死者の群を押し返す。

宝石を触媒に、無詠唱で強力な攻性呪文《アサルト・スペル》を瞬時に起動するこの魔術は、レナードの一種の固有魔術《オリジナル》だ。

その絶技がもたらす魔力の炸裂《さくれつ》と破壊に、上がる断末魔、肉が焼ける悍ましき異臭。

そして、辛《かろ》うじて、その破壊の旋風を抜けてきた死者の頭部を──

「はぁ──っ！」

気合い一閃《いっせん》。ニーナが凄《すさ》まじい蹴撃で破壊する。

「れ、レナードさんっ!?　ニーナさんっ!?」

「今の内です、ヒューイさん！　夫達が時間を稼いでいる間に！」

「っ⁉　そ、そうですね……ッ！　それが今、僕がやるべきこと……ッ！」

その間に、レナードとフィリアナが、法陣構築を続行して。

「ね、ネージュ……私達も……」

「そうだね！　魔力の供給補助くらいなら、私達でもできる！」

おろおろしながらも、できることを探すレニリアを、ネージュが支えて。

「あはっ！　あはははははははっ！　逃しませんわ！　我が死の腕で、皆、等しく抱きしめて差し上げますわ――ッ！」

エレノアが哄笑《こうしょう》しながら、次々と『門』を開いて。

さらなる怒濤《どとう》の勢いで、死者の群がレナード達へと押し寄せて――

ここに、生存をかけたこの帝都脱出劇、最後の戦いの幕が上がるのであった。

第一章　底の見えぬ絶望

「いいいいやぁあああああああああああ——ッ！」


小柄な青い髪の少女が青い閃光《せんこう》と化して、今日も地獄のような戦場を駆ける。

疾《と》く駆け抜けるままに大剣を振るい、津波のように押し寄せる死者の軍勢を紙のように斬り裂いて——押し返す。木っ端《こっぱ》のように蹴散らしていく。

その少女が一度剣を振るえば、その斬撃は千里を走った。

比喩ではない。それは奇蹟《きせき》の剣技だった。

魔術に依《よ》る技ではない。理屈は誰にもわからない。

ただ事実として、少女の剣は、剣にあるまじき現象を具現化し、地平を埋め尽くさんばかりに迫り来る死者の軍勢の悉《ことごと》くを斬り捨てた。

一騎当千、鬼神無双とは、まさにこのことか。

そして、八百《やお》の絶望を、剣の一振りで払うその少女の姿に希望を見ぬ者はいない。

「彼女に続けぇえええええ──ッ！」

「そうだ！　我らが《剣の姫》リィエル＝レイフォードに続けぇえええええ──ッ！」

「「「ぉおおおおおおおおおおおおおおお──ッ！」」」

常に最前線に立ち、押し寄せる死者をたった一人で押《お》し止《とど》める少女──リィエル。

そんな彼女に触発され、帝国軍兵士達も猛然と剣と魔術を振るい、死者の軍勢を必死に押し返し続けるのであった──

────。

ルヴァフォース聖暦1853年グラムの月13日に発動した、天の智慧《ちえ》研究会の最終計画『最後の鍵《ラスト・オーダー》』作戦。

破竹の勢いで帝都オルランドを落とした《最後の鍵兵団《ウルティムス・クラーウィス》》──死者の軍勢は、帝国東の国境線を越えてレザリア王国より流入する大量の死者達の到着を待って、散発的に南下を開始。

帝都陥落から十五日後、グラムの月28日の明朝。

《最後の鍵兵団《ウルティムス・クラーウィス》》の先発隊が、アルザーノ帝国の最終拠点、学級都市フェジテの目と鼻の先、北のアールグ丘陵にまでついに到達。

だが、現帝国軍残存兵力一万五千は、そこに最後の防衛線を敷き、《最後の鍵兵団《ウルティムス・クラーウィス》》とついに激突。

帝国宮廷魔導士団特務分室、執行官ナンバー7《戦車》のリィエル＝レイフォードを中心に、帝国軍は際《きわ》どい拮抗《きっこう》状態を維持しているのであった。

そして──運命の日。

今日、グラムの月30日。

膠着《こうちゃく》状態のこの戦況が、ついに動き始める──

──。

生きるか死ぬか。

今、この瞬間、様々な形の生と死が渦巻くこの戦場に在りて。

剣を振るい続けるリィエルは、ただ一人、よくわかっていなかった。

(英雄？　救世主？　奇蹟の剣？　剣の姫？　みんなが、わたしをそう呼ぶ。でも……わたしにはよくわからない)

リィエルは、今、自分がいかに帝国軍兵士達の、フェジテ市民達の心の支えとなっているか、希望の光となっているか……理解していない。

リィエルは、今、自分がいかなる奇蹟の御業《みわざ》を見せているか、戦史の常識を覆《くつがえ》すような圧倒的戦果を上げているか……まるで理解していない。

ゆえに、そこに誇らしさも使命感も何もなく。

ましてや、英雄や救世主などという、よくわからないモノになったつもりもない。

彼女が追い続けるのは──ただ、〝光〟。

(わたしには見える……振るう剣先に広がる、金色の光)

それは、いつからだっただろうか？

何が切っ掛けだっただろうか？

いつの間にか、リィエルは己が振るう剣先に〝光〟が見えるようになっていた。

その〝光〟の存在をはっきりと自覚した場所は、自由都市ミラーノ。ジャティスによる【邪神招来の儀式】発動の余波で発生した、大量の《根》を掃討した時か。

それは、リィエル以外の誰にも見えない、リィエルだけの〝光〟だった。

暮れなずむ黄昏《たそがれ》のように綺麗《きれい》で、寂しげな、金色の剣閃《けんせん》。

その〝光〟を振るえば、普通なら斬れない物が斬れた。

間合いなんか関係なかった。

不思議と、その〝光〟を振るい始めてから、〝剣が届かない程度で、物を斬れないわけがない〟と、奇妙な実感と確信を抱くようになった。

さらには、〝斬るという行為は、物しか対象になり得ないのだろうか？〟とすら思えるようになった。

そもそも、〝斬るという行為に、究極、剣なんて要らないのでは？〟とも。

なぜなら。

本当の〝剣〟とは——……

〝斬る〟という概念とは——……

（……ん。わたしには、やっぱりよくわからない）

悟りや得心のような何かを前に、リィエルは思考を放棄する。

古今東西、世界中の剣士がその生涯を賭《と》して追い求め、結局届かなかった〝極み〟の領域まで、あと一歩の所まで届きかけておきながら、それにそっぽを向く。

どうでも良かった。

リィエルにとって、そんなことはどうでも良かったのだ。

もっと単純で、大事なことがあったのだ。

（この金色の光があれば……みんなを守れる）

戦うリィエルの脳裏に浮かぶのは、グレンやルミア、システィーナにセリカ。

そして、カッシュやウェンディ、ギイブル、テレサにリン、セシルといった、アルザーノ帝国魔術学院の仲間達。

他にも、お世話になった、助けてくれた、様々な人達。

お世辞にも頭が良《い》いとは言えないリィエルが、剣を振るう理由なんて、至極、単純なことだ。英雄とか、剣の神髄とか、難しいことは何もない。

（大好きなみんなと……大好きなみんなの居場所……それを守る！）

ただ、それだけの思いを胸に、リィエルは剣を一閃する。

その剣先から迸《ほとばし》る金色の剣閃が、地平線の彼方《かなた》まで神速で走り――その軌道上の死者の群を冗談のように、なますに斬り斃《たお》す。

衝撃音。

上がる血風、花咲く散華《さんげ》、築かれるは屍山血河《しざんけつが》。

噎《む》せ返《かえ》るような悪臭と凄惨極まりない光景を前に、それでもリィエルは止まらない、怯《ひる》まない。
(見てて、グレン！　わたし……がんばる！)
今はここにいない、自分の一番大好きで大切な人へ向かって。
心の中で、そう強く、強く思って。
「いいいいいやぁああああああああああああああ──っ！」
リィエルは壮絶なる最前線を一人、ひた走り続けるのであった──
──。

「ん？　終わり？」
戦いに没頭していたリィエルが、ふと気付いて我に返れば。
日はすっかり傾き、辺りはすっかり黄昏時。
そして、静寂。
夕陽《ゆうひ》に燃ゆる真っ赤なその戦場に、両の足で立っている死者は一人もいなかった。
単騎で突出しているリィエルの後方で、帝国軍の兵士達が立ち尽くしている。
やがて、兵士達は勝利を実感したのか。

「勝った……勝ったぞ……」

「今日も、凌《しの》いだ……ッ！　あの悪夢のような大軍勢を……ッ！」

「「「ぉおおおおおおおおおおおおおおおおお──っ！」」」

ようやっと勝ち鬨《かちどき》を上げるのであった。

「……ん。ちょっと疲れた」

そんな兵士達の様子などまったく眼中になく、リィエルは錬金術で錬成した大剣を解呪《ディスペル》した。黄昏の陽光に、マナの粒子と化して崩れる大剣が、キラキラと輝いていた。

「……お疲れ、リィエル」

そんなリィエルに歩み寄る少女がいた。

リィエルと同じく特務分室の礼服に身を包み、刀を佩《は》いた同い年くらいの少女だ。

帝国宮廷魔導士団特務分室、執行官ナンバー10《運命の輪》のエルザ＝ヴィーリフ。

名目上はリィエルの部下だが、事実上、現在のリィエルのお目付役だ。

「今日も、リィエルのおかげで敵の攻勢を凌げたよ」

「そうなの？　よくわからない」

「あはは、リィエルは相変わらずだね」

今や帝国の希望の星たる英雄となったというのに、リィエルはエルザが以前より知る彼女とまったく変わらない。

それがおかしくて、エルザはついクスクスと笑ってしまう。

「でも……悔しいな。剣士としては、リィエルに随分と差をつけられちゃったね」

エルザは戦場を見渡し、ほんの少しだけ複雑な表情で苦笑いする。

そこには、リィエルがたった一人で打ち倒した敵が、地平の果てまで無限に広がっていた。

「どうやったら、剣一本でそんなことができるんだろう……？」

「ん。わたし、剣先に、なんか変な光が見えるから。多分、そのせい」

「うーん、やっぱりわからないなぁ。何回見ても、リィエルが振るう剣の先に、光なんて見えないし……」

ますますわからないとばかりに、エルザが首を捻《ひね》った。

「そういえば、昔……お父さんが、〝極限まで剣を極めた剣士は、自分だけの光を得る〟とか言っていたけど……ひょっとして……？」

「わたしにはよくわからないけど」

じっと、リィエルが考え込むエルザを見る。

「多分……エルザもいつか、剣の先に変な光が見えるようになると思う」

「え？　な、何を根拠に……？」

「勘」

感情のない真顔でぼそりと言い放つリィエル。

「あ、あはは……」

つい笑ってしまうエルザ。

正直に言えば……あまりにも強すぎる力に開眼したリィエルに、その凄《すさ》まじい剣技とも呼べぬ剣業に、当初、エルザは多少なりとも恐怖を覚えていた。

だけど、リィエルは何も変わってない。無愛想で、能面で、純粋無垢《むく》なままだ。

あるいはそんなリィエルだからこそ、自分達には見えぬ〝何か〟が見えるのか。

そんな不思議な友達を、どこまでも見守っていこう……その背をどこまでも追いかけよう……そう決意を新たにして。

「さ、撤収しよう、リィエル」

エルザはリィエルの手を摑《つか》んで引いた。

「帰って、身体《からだ》洗わなきゃ。そのままだと病気になっちゃうよ？」

「……ん」

返り血でべったりなリィエルは、そのまま大人しくエルザに引かれていく。

周囲の帝国軍も、事後処理と撤収に向けて動き始めていた。

だが、戦場跡地に弛緩《しかん》した空気が流れ始めた……まさにその時だった。

「──っ⁉」

大人しくエルザに手を引かれていたリィエルが、不意に立ち止まったのだ。

「リィエル？」

エルザが振り返った時には、リィエルはすでに大剣を再錬成し、屍《しかばね》が積み重なる平原の彼方へ向かって構えていた。

「ど、どうしたの、リィエル……？　今日の敵はもう……」

エルザが、そう小首を傾《かし》げかけた──その時だった。

不意に、戦場の空気が──重く凍った。

「は──、ぁ──」

それは不思議な感覚だった。

エルザも、その場に居合わせた全ての帝国軍兵士も。

まるで突然、この世全ての空気が固体と化してしまったかのように、動けなくなってしまった。呼吸ができなくなってしまったのだ。

無論、全ての空気が凍り固まるなど、有り得ない話。比喩表現に過ぎない。

つまり、それは――生存本能の為《な》せる業だ。

野生において、食物連鎖の上位《ハイルーン》にある捕食者に睨《にら》まれた被食者が、生存へかける最後の望み。すなわち、捕食者の注意が他に逸《そ》れる可能性を少しでも高めるために、全ての能動的行動を放棄して硬直する、あの本能的選択。

この凍った空気の正体は――まさに、それだった。

しん……

本能的行動に従い、静まり返った帝国軍の前に。

その中で唯一、人の理性で行動放棄を否定し、剣を構えるリィエルの前に。

その人影は、ゆっくりと現れる。

それは血の赤か、暮れなずむ陽の紅か。

紅色と黄金色が混ざって燃ゆる、極彩色の戦場。

日は地平線に半分沈み、丘陵の稜線《りょうせん》をより真っ赤に鮮やかに燃え上がらせている。

そんな眩《まばゆ》い紅を背負って、逆光で黒く灼《や》けたその人影は、まるで散策でもしているかのように、こちらへ向かって歩いていた。

こちらに向かって無限に伸びる影を、敷かれた道のように辿《たど》りながら。

ゆっくりと……それでいて確実な足取りで、やって来る。


「〜♪　〜〜〜♪　〜〜♪」


その人影は余程、ご機嫌なのか。

距離が近付けば、その人影の鼻歌すら聞こえてくる。

人影は何一つ急いでいない。マイペースでゆっくりと向かってくるだけ。

ゆえに、その場に居合わせた帝国軍兵士達が逃げる時間は、充分すぎるほどあった。

だが、動かない。動けない。誰もが動けない。

その場の全ての人間達の理性が、悲鳴を上げる。

やばい。逃げろ。対峙《たいじ》してはいけない。化け物。逆らってはいけない。アレは人が対峙して良い相手じゃない——と。

だが、いくら理性がそう命じても、生存本能がそれを拒否した。

その場での硬直こそが、もっとも生き残る可能性を高める道だと裁定したのだ。

——やがて。

接敵と呼べる戦術距離にまで、その人影は到達し……足を止めた。

今まで逆光で判明しなかった背格好が、その姿がようやく明らかになった。

機動性重視の軽鎧《けいがい》に外套《がいとう》、サーコート……古風な騎士装束を纏《まと》った、うら若き娘だ。

腰に一振りの剣を吊《つ》り、その伸び放題の青い髪をうなじで適当に括《くく》って垂らしている。

何より特筆すべきは、その顔。

その顔は——

「り、リィエル……？」

エルザに、帝国軍兵士に、さらなる動揺が走る。

そう、現れたその人物の顔は——今まで自分達が、英雄、希望の星と崇《あが》めていた少女——リィエル＝レイフォードにうり二つであったのだ。

「……ひめ……？」

一瞬、リィエルは眼《め》を瞬《しばたた》かせながら呟《つぶや》き……だが、すぐにその眼を鋭く細める。

「違う。ひめじゃない。……あなた、誰？」

彼我の距離、十数メトラ。

この全てが凍った世界でただ一人、弱者の停滞を拒絶したリィエルが、大剣を油断なく構えながら、問いかけた。

「ボクは、エリエーテ。エリエーテ＝ヘイヴン」

あっさりとそう名乗る娘——エリエーテ。

エリエーテの名乗りに、帝国軍兵士達の間にさらなる動揺が走った。

「え、エリエーテ……だと……？」

「あいつが……あの……？」

十七日前、東から国境を越えて押し寄せた死者の軍団の迎撃にあたった帝国軍の精鋭三万を、たった一人で、ただの剣の一振りで葬《ほうむ》ったという、あの怪物。

この時代に蘇《よみがえ》った、元《六英雄》が一翼、《剣の姫》エリエーテ。

誰しもが言葉と呼吸を忘れて立《た》ち竦《すく》む中、リィエルが鋭く問いを投げる。

「要するに……敵？」

「そうだよ。今のボクは、《最後の鍵兵団《ウルティムス・クラーウィス》》の一員。世界の敵」

エリエーテはにこりと笑った。

「少し予定より早いけど……今日はこのまま、ここにいる人達を、日没まで斬れるだけ斬るつもり。何せ、暇で剣が鈍りそうだからね。もっとも——」

ちらり、とエリエーテが笑みを崩さぬまま、帝国軍を一瞥《いちべつ》する。

「全部刈り取るのに、日没まで要らないかな？　まぁ、その時は余った時間でフェジテ市民を斬ろう。うん、反復練習は大事だ、そうしよう」

いかにも名案とばかりなその様は、まるで夕飯の献立の変更でも語るかのようだ。

そして、その場に居合わせる誰もが、強烈に魂で悟る。

この少女の言葉に、一言も冗談はない、と。本気なのだ、と。

そして——それだけのことを為す力が、この少女にはあるのだ、と。

「させない」

いつになく苛立《いらだ》ったように声を荒らげ、リィエルが鋭く言い放つ。

「まぁ……普通、そう来るよね」

すると、エリエーテが穏やかな表情を崩さず、リィエルを見つめた。

「うん。キミが……噂《うわさ》のリィエルかな？」

「…………」

リィエルは何も答えない。

斃《たお》すべき敵に語る名や言葉などないとばかりに、エリエーテを真《ま》っ直《す》ぐ睨み付《つ》ける。

だが、構わずエリエーテは、そんなリィエルをじっくりと観察し、ぽつりと呟いた。

「嬉《うれ》しいな。やっと見つけた」

「……？」

「やっと……やっと……ボクの領域に並び立つ剣の使い手を……見つけた」

ますます意味がわからず眉を顰《ひそ》めるリィエルへ、エリエーテはまるで愛《いと》しい者を見つめるような目を向ける。

「だって、キミは〝見えている〟んだよね？　振るう剣先に広がる金色の光が――」

特上の歓喜と共に。

エリエーテが、ゆるっと動いた。

恐ろしく綺麗《きれい》、かつ精緻な動作で腰の剣を抜き――型稽古のようにヒュンと振るう。

それだけ。

だが――リィエルには〝見えて〟いた。

エリエーテが振るう剣先から迸《ほとばし》る、圧倒的な金色が――

「ああああああああああああああああああぁぁぁぁ――ッ！」

刹那、リィエルは全身全霊をもって、全身の発条《ばね》を振り絞って、大剣を振り抜いた。

自分がなし得る最大出力で、金色の光を放った。

身を守るためでも、敵を斬るためでもない。

守るためだ。

エリエーテが光の剣閃《けんせん》を放った相手は、リィエルではない。

リィエルの後方で硬直している帝国軍兵士達だ。

他人には不可視の剣閃が——圧倒的な光が——情け容赦なく、何もわからない帝国軍兵士達の頭上へ降り注ぐ。

その着弾の寸前、それをリィエルが放った横薙《な》ぎの剣閃が迎撃した。

虚空《こくう》で喰《く》らい合う、二つの剣閃。

通常、不可視のそれらは互いに干渉し合うことで、特殊な反応でも起きたのか。

剣閃の交差点から可視の閃光が迸り——世界を白く、白く、白熱させて——


衝撃音。


発生した凄《すさ》まじき物理的剣圧が嵐となって吹き荒れ、帝国軍兵士達をかき交ぜた。

怒号、悲鳴、喧噪《けんそう》、混乱、混乱、狂騒——

たちまち混沌《こんとん》と化した戦場に、ただただエリエーテの春風のような微笑《ほほえ》みが咲いた。

「ほら。見えてる」

「……ッ！」

ぎり、と。

あの無感情で能面のリィエルにしては珍しく、歯を剝《む》き出《だ》しにした憤怒《ふんぬ》の表情でエリエーテを睨み付ける。

ちらりと後方の様子を窺《うかが》えば……

「ぎゃあああああ――ッ⁉ 痛ぇ！ 痛ぇよおおおお⁉」

「お、おい、ドルク……しっかりしろ⁉ お前……う、嘘《うそ》だろ⁉」

「た、助けて……誰か、助けてくれぇ……ごぶ、げほぉ！」

リィエルが相殺《そうさい》しきれなかった剣閃の残滓《ざんし》によって、手足を失った者達が転げ回っていた。すでに息をしてない者も多い。人の原形すら留《とど》めてない者も多い。

そんな連中など、まるで見えてないかのように。

「やるね、リィエル」

エリエーテは、心底わくわくしてたまらないという表情で興奮気味だった。

「とりあえず、その後ろの有象無象をざっくり半分殺《と》るつもりだったのに。でも、見事に防がれちゃった。想定の一割しか殺《と》れなかった」

そんなエリエーテの顔を見た瞬間。

どくん。リィエルの総身を震え上がるような激情が支配した。
その特殊な生い立ちのせいか、リィエルは生まれながらに感情が希薄だ。
だが。それでも。
このエリエーテという純粋悪を前に、リィエルは生まれて初めて〝キレた〟。
この自分と同じ顔をしている女は。
こいつだけは、絶対に生かしておいてはいけない――ッ！
リィエルの全てが、声高にそう叫んでいた。

「エリエーテェエエエエエエエエエエ――ッ！」

地を蹴り、リィエルがエリエーテに向かって神速で駆ける。
烈火の激情が背を衝《つ》き動《うご》かすそれは、リィエルの生涯最速の踏み込みだ。
大剣を振り上げ、全身の発条を乗せて全霊で振り抜く。
激情を乗せつつも気剣体が完全一致したそれは、リィエルの生涯最高の斬撃。
その至高の一撃から発生する光の剣閃もまた、究極。
リィエルが光の剣閃に開眼して以来、もっとも強く、雄々しく輝く光が――エリエーテを灼《や》き尽くさんばかりに襲った。

だが——

「え？　何それ。なんか残念」

どこか、がっかりしたようにエリエーテが呟いて。

ふらっと、突進してくるリィエルとすれ違いながら——くるっと剣を動かした。

再び、虚空に交錯する二つの光の剣閃。

喰らい合う剣閃は、特殊干渉を引き起こして世界を震わせ、白熱させ——

やがて、その光が消えた時。

どしゃっ！

何かが地面を叩《たた》く鈍い音が、戦場に響き渡った。

「……？」

最初、リィエルには何が起きたか、わからなかった。

自分がうつぶせに倒れているという事実を認識するまで、結構な時間がかかった。

敵前で転ぶとは、なんたる不覚。

ならば急いで立ち上がろうと、リィエルは手足に力を込める。

だが、身体《からだ》が起き上がらない。力が入らない。

「……え……？」

そもそも、手足の感覚がない。動かしている感覚はあるのだが、なぜかそれが、身体や実際の動作の結果に反映されない。

すかすか、と。まるで空気をかいているかのようだ。

「……う……あ……？」

半ば混乱しながら、リィエルがよくよく自分の身体を見れば……

両腕がない。両足もない。

「……ぁ……ぅ、あ……あ、あ、あ……あああ……ッ⁉」

ああ、道理でないわけである。

リィエルが震えながら顔を上げれば……自分の両腕と両足は、目の前の地面のあちこちに、まるでゴミのように転がっているのだから。

そんな残酷な事実を、ようやく理解して。

「ぁ、ぁああ、ぁああ――っ！」

ついに様々な衝撃と絶望に耐えられなくなったリィエルは、ただただ声を上げて泣き叫ぶしかないのであった――

「あはは、傑作。今のキミ！　まるで芋虫みたい！」

無様に地を這《は》うリィエルを流し見て、くすくすおかしそうに笑うエリエーテ。

「う、嘘……だろ……？」

「リィエルさんが……あんな一瞬で……？」

信じられない、信じたくない光景に、最早《もはや》、傷の痛みも忘れて立ち尽くす帝国軍。

「り、リィエル……」

いち早く衝撃から立ち直ったエルザが、衝動的に刀の柄《つか》に手をかける。

「き、貴様ァアアアアアアアアアアアア――ッ！」

そして、沸き上がる激情のまま、エルザがエリエーテの背中に向かって居合い斬りを浴びせようと飛びかかり――抜刀したその瞬間。

ごとん。

一瞬の浮遊感の後、エルザの首が地面を叩いた。

（……ぁ）

首だけになったエルザが、薄れ逝《ゆ》く意識の中で最後に見た物は……二十を超える肉片に解体されて、地にぶちまけられた自身の無惨《むざん》な身体だった――

――。

「どうしたの？　そこのキミ。顔色悪いよ？」

「は――ッ!?　ぁ――」

エリエーテに至近で顔を覗《のぞ》き込まれて、ようやくエルザが我に返る。

（く、首が繋《つな》がってる……？　身体を細切れにもされてない……）

そして、そもそもエルザは動いていなかった。刀を抜いてもいなかった。

刀の柄に手をかけたまま、エルザの手は、足は、石のように硬直している。

心臓が破れんばかりの鼓動と、肺が裂けんばかりの過呼吸の中――エルザは自身の無事を確認し、がっくりと脱力する。

(今のは……死のイメージ……？　この女に向かって剣を抜いたその瞬間、そうなるという……私の生存本能が見せた、予知に近いイメージ……？)

最早、今のエルザに、エリエーテと剣を交える気概など微塵《みじん》も残っていない。

(悪魔だ……この人は……)

完全に心が折れたエルザは、その場にがっくりと膝をついた。

そして、そんなエルザを道端の石ころのように無視して。

エリエーテは、手足を失って芋虫のようにもがくリィエルの下へと向かう。

そして、エリエーテは、足でリィエルをひっくり返して、仰向《あおむ》けにして……

「よ」

どすっ！　リィエルの胸部に剣を突き立てて串刺しにし、リィエルの身体を頭上高く持ち上げるのであった。

「ぁ、ぁああ……ぅあああああああああああ——ッ！　痛い……痛い……ッ！」

恐怖と絶望、想像を絶する苦痛とで、泣き叫ぶしかないリィエル。

「大丈夫、安心して。心臓、肺、主要血管……急所は全部避けて刺したから」

ぽたぽたぽたぽたー っ！

頭上に掲げたリィエルから降り注ぐ血の雨を浴びながら、それを微塵も気にかけることなく、エリエーテはもがき苦しむリィエルへ笑いかける。

そして、剣を下に引き、リィエルと互いの吐息すら感じられる距離まで顔を近付けて
……リィエルの耳元で囁《ささや》いた。

「惜しい」

「げほっ！　ごほーっ！　……え……？」

何を言われたか理解できず、リィエルが血反吐《ちへど》を吐きながら目を瞬《しばたた》かせる。

「キミは、光の剣閃《けんせん》に……【孤独の黄昏《トワイライト・ソリチュード》】に開眼した。ボクと同じ〝剣天〟の領域に至ったんだ。……それだけに惜しい」

その口調は、まるでデキの悪い弟子に対して、師匠が説教するような雰囲気だ。

「【孤独の黄昏《トワイライト・ソリチュード》】はね……自分自身を一振りの剣と成す、剣技の極地なんだ。

人の可能性は無限だよね？　つまり、自分自身を剣と成す光の剣閃は、〝斬る〟という概念に特化し、その可能性を無限に〝切り開く〟業なんだ……わかるかな？」

「ああ……う……あああ……あ、ぁ……けほっ……」

「可能性さえあれば、それを切り開いて成す──ゆえに【孤独の黄昏《トワイライト・ソリチュード》】に斬れぬ物なし。なのに……キミったら、本当に無駄が多い。勿体《もったい》ない」

ふぅ……と、エリエーテが残念そうにため息を吐《つ》く。

「剣が誰かを守りたいと思う？　誰かと共に在ることに喜びを感じたりする？　仲間を殺されて怒りを覚える？

剣という機能に徹するには、あまりにも余計なものが多い……キミは〝なまくら〟だ」

死ぬ。殺される。何も守れずに。何もできずに。

リィエルが朦朧《もうろう》とする意識の中で、そう思っていると。

「それでも……キミはこの世界でボク以外に〝剣天〟の領域に至った、初めての人だ」

エリエーテがリィエルを串刺しにした剣を、ゆるりと振った。

剣先からリィエルの身体が抜けて、ふわっと飛んでいき……呆然《ぼうぜん》と膝をつくエルザの眼前に、どさりと落ちた。

「……え？」

「そこのキミ。彼女の手当を」

に、と。

エリエーテが、エルザに薄く微笑《ほほえ》みかける。

「安心して。上手にやったから出血も最小限。すぐ手当すれば、充分助かるよ」

「……あ、あああ……」

エルザは蛇に睨《にら》まれた蛙《かえる》の心境で、随分と小さくなったリィエルの身体を、泣きながら抱きしめるしかない。

確かにエリエーテの言う通り、その呆《あき》れるほど酷《ひど》い負傷のわりには、リィエルの出血は少ない。これほどの深手を負わされれば、通常、数分も経《た》たず失血死だ。

そして、そんなエルザに抱かれてぐったりとしているリィエルに、エリエーテは大切な約束を告げるように言った。

「ねぇ、リィエル。後日、もう一度、ボクと剣を交えようよ」

「……う……？」

「キミなら……きっと、もっと強くなれる。今のキミは、まだ〝なまくら〟だけど……キミなら、次にボク達が会うその時までに、余計なものを全てそぎ落として……一振りの剣として完成することができる……ボクと同じ高みに立てるはず」

「………」

「ボクと同じ高みのキミと剣を交えた、その時……ボクはようやくボクの見たかった世界を……真にボクだけの〝光〟に辿《たど》り着《つ》くことができる……そんな気がするんだ」

そう言い残して。

エリエーテは、くるりと踵《きびす》を返《かえ》して。

「またね、リィエル。ボクも、次、キミに会う時までに、もっともっと〝高めて〟くるから。完成したキミと剣を交えること……ボクは楽しみにしているよ」

そのまま。

エリエーテは、ここに来た時と同じように。

悠然とした足取りで、ゆっくりと去っていき……地平の果てに燃え上がる夕陽《ゆうひ》の中へ、溶けるように消えていくのであった。

誰も。

その場の誰も、その背中に追撃しようとする気概のある者などいなかった。

ただただ呆然と、カカシのように立ち尽くし、見送るしかないのであった──

──────。

──同時刻。

学級都市フェジテをぐるりと囲む、城壁上。

そのとある一角で、一人の男が黄昏《たそがれ》に燃ゆる眼下の都市風景を見下ろしていた。

「……おやおや始めましたか、エリエーテ。困った御方《おかた》ですなぁ」

豪奢《ごうしゃ》な司祭服に身を包んだ、いかにも思慮深く好々爺然《こうこうやぜん》とした老人だ。

だが、見る人が見れば、わかるだろう。

その好々爺然とした顔の下に隠れる、底の知れぬ邪悪さと闇を。

元・聖エリサレス教会教皇庁教皇フューネラル＝ハウザーにて、現・天の智慧《ちえ》研究会第三団《天位》《ヘヴンス・オーダー》【神殿の首領】《マジスタ・テンプリ》パウエル＝フューネ。

天の智慧研究会最高指導者【大導師】《ヘヴン》に次ぐ、事実上のナンバー2がそこにいた。

「さて。私も所用は終わりました。本日は、一旦、引き揚げるとしましょうか」

これからの予定と動きに思いを馳《は》せつつ。

パウエルが、その場から人知れず立ち去ろうとした……その時だった。

ひらっ、はらり……

白い羽が数枚、パウエルの周囲を躍って――

「あああああああああああああああああああああああ――ッ！」

裂帛《れっぱく》の気迫と殺気、憤怒《ふんぬ》の咆哮《ほうこう》。

空から凄《すさ》まじい衝撃が、パウエルへと肉薄する。

何者かが垂直急降下の物理力を剣に乗せ、パウエルへ容赦なく叩《たた》き付《つ》けてくる――

「おや？」

パウエルがさっと身を引くと、その場所が派手に爆砕した。

もうもうと立ち上る大量の粉塵《ふんじん》。

嵐のように渦巻くその中に、何者かの影があった。

「おやおや？　まさか、ここで貴女《あなた》が来るとは……」

パウエルが眉を揺らして、興味深そうに白い顎髭《あごひげ》を撫《な》でる。

やがて、粉塵が晴れ……姿を現したのは、少女だ。

夕陽に反射して、後光が差すように輝く金髪。天使のような美貌。

纏《まと》う白の法衣《ほうえ》と銀の軽甲冑《かっちゅう》は、黄昏を受けて真っ赤に燃えている。

そして、何よりもその少女を象徴するのは――背中に広がる三対六翼。

かつて、聖エリサレス教会聖堂騎士団・第十三聖伐実行隊《ラスト・クルセイダース》のメンバーだった、その少女の名は――

「ルナ＝フレアー。一体、なぜここへ？」

「フューネラルぅううううううううう――ッ！」

激情のままに咆哮して。滑走して。

ルナは全身から圧倒的な法力を漲《みなぎ》らせ、問答無用とばかりにパウエルへと斬りかかるのであった。

「なぜですって⁉　決まってるわ！　貴方《あなた》をブチ殺しに来たのよッッッ！」

ルナが刹那に数十を超える斬撃を放つ。その全てに超高密度の法力を漲らせて必殺の領域に昇華させ、パウエルを挽肉《ひきにく》にせんと襲いかかる。

世界に二つとない、ルナの聖剣の威力も相まって、ルナの法力剣《フォース・セイバー》の間合いは、最早《もはや》、近付いただけでバラバラに砕け散る死の領域だ。

だが、それを――

「ふむ」

パウエルは右手の人差し指一本で捌《さば》き続ける。

指先でルナの剣を受け止め、弾《はじ》き、流し続ける。

そんなパウエルに構わず、ルナはひたすら激情のままに剣を振るい続けた。

奈落のようなルナの瞳には、闇色の混沌《こんとん》がぐつぐつと煮え滾《たぎ》っている。その目元には色濃くクマが浮かび上がり、平時のあの神秘的な美貌がなんてザマか。

「よくも……よくも、チェイスを……みんなを……ッ！　殺してやる……殺してやるわぁあああああああああああ――ッ！」

パウエルだけしか映らないルナの双眸《そうぼう》は、最早、完全に常軌を逸していた。

地獄の釜の底のように煮《に》え滾る憤怒と憎悪《ぞうお》の発露は最早、誰にも止められない。

それも無理ない話だ。

かつて、ルナはこのパウエルに、大切な仲間達も、人間としての自分も、自分の唯一の心の支えだった愛する者すらも、全て、悉《ことごと》く奪われてしまったのだから。

激しき憎悪がルナの天使の力を増幅し、果てしなき力をその斬撃へ乗せる。

だが。

それでも――パウエルには遠く届かなかった。

「今までどこへ行っていたというのです？　狂える《正義》が全ての盤面をひっくり返したあの時、貴女はいつの間にか、姿を消していましたが……」

とんっ、と。剣をルナの剣を避《よ》けて、後方に飛ぶパウエル。

「黙りなさいッ！　私は貴方をぶっ殺すためだけに、地獄の底から這《は》い上《あ》がってきた……それだけよ……ッ！」

それに追撃するように、ルナが法力剣《フォース・セイバー》を真横に振るう。

刃《やいば》から大量の法力が放出され、極光の刃となりてパウエルへ飛ぶ。

法力の直撃を受けたパウエルが、白い光の大爆発に巻き込まれる。

が――

「やれやれ、貴女は少し落ち着きなさい。互いに慈《いつく》しみ合うがためゆえに、天にまします父なる主は、我ら子羊らに言葉という恩寵《おんちょう》を与えたもうたのですよ？」

「主の御言葉を語るなッ！　虫酸《むしず》が走るわ、悪魔ッッ！」

やはり平然としているパウエルに、ルナが吼《ほ》えた。

「ああ、ああ、さぞかし……気分がいいんでしょうね、貴方……ッ！」

「はて？　どういうことですかな？」

「決まってるわ！　まんまと《戦天使》の素質を持つ私を騙《だま》して、利用して、ことを為《な》した気分よッ！　全てが自分の思惑通りで、さぞかし気分良《い》いことでしょうね⁉」

ルナが据わった目でパウエルを睨み付け、剣先を突きつける。

「でも、残念ねッ！　貴方は、貴方が私に与えた《戦天使》の力で死ぬのッ！　自分の迂《う》闊《かつ》さを悔いて死ねッ！　死んでしまえ……ッ！」

だが。

パウエルは、小首を傾《かし》げて。

「ふむ？　ひょっとして、貴女は自分が〝特別〟だと勘違いしていませんかな？　傲慢は人が忌《い》むべき、七つの大罪の一つですよ」

「……は？」

意味不明のパウエルの言葉に、ルナの眉根がぴくりと動く。

「一騎当万の強大な力を持つ《戦天使》は当代に一人、選ばれし者にしかなれない……確かにそれが通説です。今まで、私はそういう風に歴史の表舞台に上げてきましたから」

「……な、何を言って……？」

訝《いぶか》しむルナの前で。

パウエルが、ぱちん、と指を打ち鳴らす。

すると、パウエルの周囲に無数の五芒星《ごぼうせい》法陣が、圧倒的な魔力の高ぶりと共に、瞬時に展開される。そこから圧倒的な法力が溢《あふ》れ、何かを形作った。

それは——天使だ。

ルナと同じく、背中に三対六翼を持つ天使達である。

まるで感情らしきものが見えない、操り人形のような天使達。

されど、その身に纏う法力だけは圧倒的で、ルナと背格好こそ違うものの、その内包された聖なる力は間違いなく、紛れもなく——

「……え？　《戦天使》？　な、なんで……？」

自分と同等か、それ以上の力を持つ天使五体を前に、ルナが呆《ほう》ける。

「おわかりですかな？　誰でも良かったんですよ」

ただただ、パウエルだけがどこまでも穏やかに微笑《ほほえ》んだ。

「貴女達はしょせん、紛《まが》い物《もの》です。《無垢《むく》なる闇》の敵対者、《戦天使》イシェル……その
レプリカ如《ごと》き、私はいくらでも量産できるのです。なぜなら、私は――……」

「…………」

パウエルが何かを言っていたが、最早、ルナの耳には届いていない。

（……誰でも良かった？　なんで……？　だって、私しかいないって……私がやらないと
いけないって……だから、私……人間をやめて……みんなに怖がられて、疎《うと》まれても……

天使として戦い続けて……その役目を果たそうとして……）

そもそも。

ルナはパウエルの罠《わな》によって、最愛の仲間達全てを失ったのだ。

それを切っ掛けに、パウエルの甘言に乗って、ルナは人間を辞める決意を、《戦天使》
になる決意をした。

ただでさえ、そんな滑稽な茶番だったのに。

その上、自分が特別な人間ですらない、他にいくらでも代替の利く人材だったなら。

特別だったから、こんな不幸に巻き込まれた、という諦観すら許されぬのなら。

本当に、自分は。

自分という存在は――……

「無意味」

パウエルが穏やかに説き伏せるように言う。

「貴女という存在の生には、根本的になんの意味も価値もなかったのです」

「…………」

「ですが、どうかご安心ください、ルナ＝フレアー。貴女の意味と価値は、私が与えてあげましょう。労働こそ、主が我らに与えたもうた恩寵であり喜びです。これからは、私のためによく尽くし、よく働きなさい」

「…………」

「悪魔召喚士の私ですが……天使を契約悪魔として隷属使役するのも、実に諧謔《かいぎゃく》に富んでいて一興じゃありませんかな？　はっはっは……」

もう限界だった。

全身の血が瞬時に沸騰する。視界が極端に狭くなり、真っ赤に染まる。

一分一秒たりとも、このパウエルという男と同じ時間を生きたくない。

この世界から塵《ちり》一つ残らず抹消してやらねば気が済まない。

「フューネラルぅうううううううううううううう――ッ！」

全身全霊の法力を剣に漲らせ、パウエルを叩《たた》き斬ろうと、ルナが駆ける。

その目尻から血涙を流しながら、パウエルに向かって、激風と共に突き進む。

だが――ルナの突き出した剣先が、パウエルの喉に届こうとした、その瞬間。

「あ、言っておきますが」


どしゅっ！


瞬時にルナを取り囲んだ天使五人の剣に、ルナは全身を串刺しにされた。

「――げほっ⁉　う、嘘《うそ》……」

肺に穴を開けられ、盛大に血を吐くルナ。

今、五人の天使達の動きがまったく見えなかった。《戦天使》という人を超えた超感覚をもってしても、何も反応できなかったのだ。

「何、その子達……は、速すぎる……」

ぱっ！　と上がる血華に、血涙を流すルナの視界がさらに赤く染まる。

何かの呪法を使われたのか、剣に貫かれた身体《からだ》はまったく動かない。

「実はですね……大変申し訳ないのですが、私がこの時代で手慰みに作った《戦天使》シリーズの中で、貴女《あなた》が一番、精度が低くて……有り体に言えば〝弱い〟のです」

「……ッ⁉」

顔面蒼白《そうはく》のルナの前で、パウエルがやはり微笑む。

「だからこそ、貴女には、あえて感情と自由を与えていました。操り易《やす》いし、いざという時、処分が容易《たやす》いので」

「……あ、ああぁぁ……げほっ……」

「それに《天使言語魔法《エンジェリック・オラクル》》は歌。情感がないと、私が望む力を発揮しません。まぁ、貴女のその役目は終わりましたし……もう要らないでしょう？　感情《それ》」

「……ぅうぅぅ……うぁあぁぁ……ッ！　ちくしょう……ちくしょ……」

がくり、と。

ルナが諦めたように、顔を落とす。

がらんっ、と。手から滑り落ちて、地面を叩く聖剣。

ルナの目から涙がボロボロと零《こぼ》れる。されど、悲哀の感情はなく、もう何もかも疲れ果てた虚無の笑いが、その顔に浮かんでいた。

「悲しむことはありませんよ。デキの悪い子ほど可愛《かわい》いものです。ルナ、貴女は私の便利なお人形として、永遠に愛《め》でてあげますよ……そう……永遠に……」

やはり、どこまでも聖人君子のような表情で。

パウエルが、なんらかの処置を施そうと、不穏な魔力の籠もった指先を、ルナの額に向けてゆっくりと近付けていった……その時だった。

極光と撃音。

凄《すさ》まじき稲妻の乱舞が、突如、パウエル達の頭上に降り注いだのだ。

B級軍用攻性呪文《アサルト・スペル》――黒魔《くろま》【プラズマ・フィールド】。

荒れ狂い、のたうち回る稲妻は、ルナを串刺しにする五人の天使達を容赦なく、薙《な》ぎ払《はら》っていく。

だが通常、人知を超えた耐魔力性能を誇る《戦天使》は、この程度の物理破壊呪文などでは、決して傷つくことはない。

なのに。

稲妻を受けた五人の天使達が……なぜか崩れていく。

光の粒子と化して、分解消滅していく……

「……ッ⁉」

この事態には、さしものパウエルも微《かす》かな驚きを隠せないようだ。

「……ぁ、ぐ……」

どさり。

後に残されたルナが、そのまま糸の切れた人形のように倒れ伏す。

「ほう？　これは、まさか……？」

当然のように稲妻を避《よ》けていたパウエルが、感心したように顎髭《あごひげ》を撫《な》でていると。

「貴様は、どこまで人を弄べば気が済むのだ……パウエル」

頭上から鋭い声を浴びせかけられた。

見上げれば、城壁上に聳《そび》え立《た》つ尖塔《せんとう》の屋根の上に──一人の青年の姿があった。

風になびく長い髪。獲物を狙う鷹《たか》のように鋭い瞳。

だが、なぜか右眼《みぎめ》を手で覆い、左眼だけでパウエルを見下ろしている。

その瘦肉《そうにく》ながら骨太の長身に、魔導士礼服を纏《まと》ったその青年の名は――

「来ましたか、アベル」

「俺をその名で呼ぶな」

地獄の戦鬼もかくやという氷の視線でパウエルを射貫《いぬ》きながら、青年は言い放った。

「俺は、帝国宮廷魔導士団、特務分室執行官ナンバー17《星》のアルベルト＝フレイザー。貴様を地獄の底へと引きずり落とす者だ」

そう言い捨てて、尖塔から飛び降り……倒れ伏すルナの傍《かたわ》らに降り立つのであった。

「ほっほっほ……今のお手前、実に見事」

対するパウエルは、まったく動じることなく、悠然と応じた。

「私と私の天使達間の契約が破壊され、完全に存在を消滅させられました。最早《もはや》、再生も再召喚もできそうにありません。……一体、何をしたのでしょうか？」

「言うと思うか？」

右眼を手で覆ったまま、アルベルトが吐き捨てるように言い放つ。

「でしょうね。まぁ、薄々予想はつきますが。となると……なるほど」

パウエルが感心したように、どこか誇らしげにアルベルトを見る。

「以前までの貴方《あなた》とは違う……ということですね」

「…………」

「素晴らしい……まさか、アベル、貴方が人のまま、独力でその領域に立つとは。貴方の師父として、これほど嬉《うれ》しく誇らしいことはありません」

「誰が師父だ。恥を知れ、この外道が」

パウエルの妄言など聞かぬと、アルベルトはどこまでも取り合わない。

だが、パウエルはそれでもアルベルトに親しげに、そして悲しげに続けるのであった。

「しかし……それだけに、とても残念です。貴方が、まだ人を捨てていないことが」

「…………」

「貴方には〝資格〟があったはずです。ゆえに、貴方は大導師様より《青い鍵》を下賜《かし》された。だというのに、惰弱にも貴方はそれを拒絶した」

「…………」

「その身を焦がす復讐《ふくしゅう》心のまま、その鍵を受け入れていれば……貴方は、きっと、私と匹敵か、それ以上の存在へ昇華したでしょうに……誰の影響か差し金か、与《あず》り知りませんが……真理と叡智《えいち》に唾棄する、本当に愚かな選択をしたものです」

「下らん」

それこそ唾棄するように、アルベルトが切って捨てる。

「そんな惰弱な鍵など要らん。俺は俺のまま、貴様を滅ぼす」

すると。

「ほうほう？　俺は俺のまま……ですか？　ふふふ……はははは！　これは傑作だ！」

おかしくて堪《たま》らないとばかりに、パウエルが肩を震わせる。

「……何がおかしい？」

「勝てませんよ、アベル」

パウエルがうっすらと、嗤《わら》った。

そこに嘲る意図はない。ただ、それが厳然たる揺らがぬ事実だから、出来の悪い子を諭してやろう……そんな慈愛にも満ちた冷酷な嗤いだった。

「貴方は、私には勝てません。アベル、貴方は根本的にズレているのです」

「……ッ！」

鋭く噛《か》み付《つ》くような目のアルベルトに、パウエルは告げた。

「教えてあげましょう。貴方が私に勝てない、最大の理由……それは、貴方が〝アルベルト＝フレイザー〟だからですよ」

「！」

そんなパウエルの指摘に、アルベルトがほんの一瞬だけ硬直した。

「そして、それが貴方の限界です。悪いことは言いません。アベル、貴方は私に従うべきです。私の下で、共に至高の叡智へと辿《たど》り着《つ》くべきなのです。こう見えて、私は……今でも貴方のことを息子として愛し、その力を誰よりも買っているのですよ？」

「……反吐《へど》が出る」

ぎり、と。

拳を握り固めて、視線だけで射殺せそうなほどにパウエルを睨《にら》み付ける。

だが、それをパウエルはさらりと受け流して、踵《きびす》を返《かえ》した。

それを黙って見送るアルベルトへ、パウエルが満足そうに告げる。

「さすがに〝逃げるのか？〟などという三下の台詞《せりふ》はないようですね。良きことです。その通り、私にはまだ為《な》すべきことがあります。息子との語らいは、また後ほど」

「…………」

「二日後です。二日後に《最後の鍵兵団《ウルティムス・クラーウィス》》の本隊が、ここフェジテに到着します。恐らく、天の智慧《ちえ》研究会とアルザーノ帝国の最後の戦いとなることでしょう……そして、我らの新しい世界の始まりの産声《うぶごえ》が上がる時」

「…………」

「その破滅と再生の黄昏《たそがれ》の中で……ご縁があれば、また会いましょう、アベル。その時は貴方がより良き賢き選択をしてくれることを……心から期待していますよ？」

そう言って。

パウエルが城壁上沿いにゆっくりと歩いていく。

一歩ごとに、その存在感は希薄になっていって……やがて、完全に消えるのであった。

「…………」

パウエルが完全に去っていったことを確認すると。

アルベルトは、奇妙なルーン文字がびっしりと書かれた包帯を取り出し……それを右眼を覆うように、手際《てぎわ》良く頭に巻くのであった。

そして、足元を見る。

「……う……あ……、……チェイス……チェ……ス……、……私を……置いて……逝《ゆ》かない……で……」

そこには、瀕死《ひんし》のルナが前後不覚な状態で倒れ伏している。

譫言《うわごと》のように誰かの名を唱えながら、全身から血をどくどくと流している。

放っておけば、じきに死ぬだろう。

そして、アルベルトは情報部からの情報で知っている。

なぜ、ここにいるのかは不明だが、この女は聖エリサレス教会聖堂騎士団・第十三《ラスト・》

聖伐実行隊《クルセイダース》のルナ＝フレアー。帝国国教会を異端認定する、異端絶殺機関の異端審問官。

つまり――敵だ。

生かしておいて、百害あって一利なし。今のうちに速やかに仕留めておくべき。

なのだが――

「……ふん。俺も、あの甘ったれ男《グレン》に当てられたか」

アルベルトは、ぐったりとしたルナの身体《からだ》を横抱きに抱え、城壁の上からフェジテ市内へ、一気に飛び降りるのであった――

第二章　フェジテの人々

──タウムの天文神殿。

古代の空間操作魔術によって、外見よりも凄《すさ》まじく広い間取りを持つその遺跡内は、各部屋・施設が石の通路によって複雑怪奇に繋《つな》がれ、まるで迷路のように入り組んでいる。

先日、フェジテから消えたセリカを追って、そんな神殿の中枢たる大天象儀室《プラネタリウム》を目指すグレンとルミアの二人が、遺跡内通路を慎重に進んでいると……

「──ッ⁉」

がくん、と。

グレンが突然、その場に片膝をついていた。

「せ、先生⁉　どうしました⁉」

すると、ルミアが慌ててグレンへと立ち止まる。

「ひょっとして、さっきの戦いの負傷がまだ残って……ッ⁉」

「いや、そんなんじゃねえ。すまねえな、心配かけちまって」

グレンが苦笑いして、自分の右足の靴を指差す。

ルミアがそれを恐る恐る覗《のぞ》き込むと……靴紐《くつひも》が切れていた。

「どうやら、さっきのレイクとの一戦で傷んでたみてーだ。ちょいと応急処置するから、待っててくれ」

そう言って、グレンは背嚢《はいのう》を下ろし、切れた靴紐を外し始めた。

「くわ、靴がボロボロじゃねーか。結構、高いのによ……ちっ、レイクの野郎め」

ぶつくさ言いながら、切れた靴紐を結び直し、再び靴に編み込んでいく。

靴を修繕しながら、グレンがふと物思う。

(ったく、何、靴くらいでガタガタ騒いでるんだか。フェジテの連中は、レイク以上にヤベーやつらと戦わなきゃいけねえってのに)

ここは、外と隔離されており、外と通信魔術での連絡が取れない。

今のフェジテの様子は、グレンには何一つわからない。

そろそろ《最後の鍵兵団《ウルティムス・クラーウィス》》が、フェジテに到達するだろうことくらいしかわからない。

この有事に、自分がその場にいないことが、なんとももどかしかった。

(本当に……大丈夫なのか？　特にリィエル……お前に与えられた役割から言って、お前が戦うことになるのは、あの——……)

グレンの脳裏に、かつてこの帝国で勇名を轟《とどろ》かせた、剣の英雄の名が過《よぎ》る。

恐らく、リディアやレイク同様、完成された真なる『Project《プロジェクト》 : Revive《リヴァイヴ》 Life《ライフ》』によって、一個の生命として完全復活を遂げたのだろう、あの英雄が。

（……リィエル……）

それは虫の知らせというやつなのか……なんとなく嫌な予感がした。

（いや、大丈夫だ。今のリィエルは強い……戦闘能力的な意味でなくてもな）

淡々と靴を修繕しながら、グレンが祈るように物思う。

（お前はもう、昔のお前とは違う。俺は、お前を信じてるぞ、リィエル……）

そう自分に言い聞かせるように強く思うグレン。

だが、それでも。

靴が直って、再びルミアを伴って探索を再開しても。

その心の片隅に刺さる一抹の不安だけは、最後まで拭えないのであった――

――――。

今まで防衛戦線を支えていた英雄、リィエル＝レイフォードの敗北。

その衝撃的な一報に、フェジテ中に激震が走った。

同時に、ついに明後日《あさって》、《最後の鍵兵団《ウルティムス・クラーウィス》》本隊がフェジテに攻め込んでくる——その限りなく事実に近い噂《うわさ》も、どこからともなく立ち、フェジテ中を伝い走った。

疎開できる者は我先にとフェジテを発《た》ち、できぬ者は絶望に身を震わせ、神に祈る。

疎開したところで、このフェジテが落ちれば、帝国は完全に滅亡する。

今やフェジテは、空前絶後の大混乱に陥っていた——


「ついに、この時が来たわね……」

赤髪の娘——帝国宮廷魔導士団特務分室室長、執行官ナンバー1《魔術師》にして、帝国最終防衛軍総司令官、イヴ＝ディストーレ元帥は、ため息交じりに呟《つぶや》いた。

そこは、アルザーノ帝国魔術学院本館校舎大講義室に築かれた、帝国軍総司令室。

女王陛下、帝国軍将校、政府高官、学院の有力魔術師達が集い、重苦しい雰囲気で沈黙している。

イヴは、そんな一同の前で、淡々と現状確認をしていった。

「斥候隊の報告によれば、明後日、ついに《最後の鍵兵団《ウルティムス・クラーウィス》》の本隊が、このフェジテに到達するわ。これまでのような先兵集団の散発的な攻勢じゃない……文字通り、このフェジテそのものを呑《の》み込まんと大量の死者の軍勢が、津波のように押し寄せてくる」

卓上の戦況図には、冗談のような数の敵兵力駒が所狭しとひしめいていた。

そして、今まで戦闘が行われた場所が、フェジテを中心に、あちこちに×印で刻まれている。

「報告によれば、敵本隊の総兵力は約十五万。現・帝国軍との戦力差は、およそ十倍。明後日までに、もっと開くかもしれない。

でも、敵はあくまで死霊術《ネクロマンシー》によって使役される死者の群。吸血鬼《ヴァンパイア》や食屍鬼《グール》のような負の生命力で生きる〝不死者〟達とは違って、正の生命力を、その死んだ身体に魔術で強制固着させ、〝生かされている者〟……個々の戦力は決して高くない。

〝不死者〟とは違い、不浄を滅する神聖浄化系攻性呪文《アサルト・スペル》は効果が薄いけど……逆に言えば、頭部破壊などの物理的手段で無力化することも可能ということ。

ゆえに、これまで私達が総力を挙げて準備してきた、戦略級のA級軍用攻性魔術を切り札に、城壁を盾とした徹底的な専守防衛・籠城《ろうじょう》作戦に持ち込めば、この呆《あき》れた兵力差でも辛《かろ》うじて勝負にはなったはずだった。

だけど、そんな盤面をたった一人で覆《くつがえ》してしまうイレギュラーが敵側に存在する……

そう、《剣の姫》エリエーテ。私達が士気高揚のために担《かつ》ぎ上《あ》げた神輿《みこし》じゃない……この時代に蘇《よみがえ》った、本物の英雄」

重苦しく押し黙る一同の前で、イヴも頭を抱える。

「最悪よ。前情報以上だわ。先の交戦記録から察するに、やはり、この女がいる限り、帝国軍の防衛布陣なんてあってないようなもの。

いざ、最後の合戦が始まった瞬間、エリエーテは戦場を自由に動き回って、帝国の防衛線を片端からズタズタにし、悠然と城壁を斬り破る。はい、ジ・エンドよ。

まるで、こちらが律儀《りちぎ》に戦戯盤《チェス》のルールで戦っているというのに、向こうはこちらへ拳で直接攻撃《ダイレクト・アタック》してくるようなもの。文字通り勝負になってない。

冗談抜きで……エリエーテ＝ヘイヴンには、死者の軍団なんか必要ない……単騎でこのフェジテを落とす力があるわ……」

あるいは、単騎で戦況を左右するからこそ、かつて、こう呼ばれたのだろう。

──〝英雄〟と。

「唯一の望みは……急に奇妙な力に目覚めたリィエル＝レイフォードが、エリエーテを倒せずとも、せめて抑えることができるかどうかだったんだけど……結果は先の通り。お陰で軍の士気はガタ落ち……あるいは敵もそれを狙ってのことか……」

リィエル＝レイフォード、エリエーテ＝ヘイヴンとの突発的な遭遇戦の末、あっさりと完全敗北、四肢を失う大負傷。

その事実が、一同の頭上に重くのし掛かっていた。

魔術学院の法医師セシリア＝ヘステイアの必死の治癒処置で、なんとか一命は取り留めたらしいが……この戦いで、リィエルに戦力を期待するのはもう無理かもしれない。

（……私の采配のせいで……ごめんなさい、リィエル……）

部下の見舞いに行く暇すらない今の自分の立ち場と状況を呪いながらも、イヴは会議の進行を続けた。

「今まで……色々策を考えてきたわ。そして、なんとか凌《しの》げるレベルまで、この土壇場《どたんば》でこぎ着けた」

これまで、帝国軍が《最後の鍵兵団《ウルティムス・クラーウィス》》の散発的な侵攻に、士気を維持して対抗し続けることができたのは、間違いなくイヴの采配のお陰だ。

リィエルが件《くだん》の〝謎の斬撃〟に開眼し、戦場でその凄まじい力を発揮するや否《いな》や、イヴはリィエルを〝英雄〟に仕立て上げて、兵士達の士気を高く保ち続けた。

リィエルにそんな重責を背負わせたくなかったが、呆れるほど大軍で攻めてくる敵を前に兵士達の士気を保つには、もうそうするしかなかった。

そして、リィエルが兵士達や市民にわかりやすく派手な活躍を収められるよう、意図的に軍を差配し続けた。

これまで極力、城壁を盾にした完全な籠城をせず、わざわざリィエルに打って出るよう仕向けたのは、そのためだ。

そうやって、士気と戦線を維持している間に、帝国各地から残存戦力をかき集め、防衛戦と並行しつつ部隊を再編し、限られた時間内で可能な限りの戦略級A級軍用魔術の儀式準備を行い、なんとか戦える盤面を整えた。

円卓会の生き残り……ルチアーノ卿《きょう》が全力でかき集めてくれた物資や資材で、最低限の軍備や儀式魔術を揃《そろ》えることができた。

結局、最後は籠城戦となるだろうから、イヴ自身、最低最悪の禁じ手だと思っていた有志の学徒兵まで使って、城壁の防御陣営を完全に整えた。

だというのに──

「たった一人の英雄様が、積み上げたものを全てひっくり返してしまう……ッ！　こんなふざけた戦場があってたまるか……ッ！」

イヴは、苛立《いらだ》ち交じりにテーブルを叩《たた》くしかないのであった。

すると、頭髪を金と赤に染め分けた派手な男が、理不尽を嘆くイヴを叱咤《しった》するように叫ぶ。帝国軍前線指揮官の一人、帝国宮廷魔導士団第一室室長クロウ＝オーガムだ。

「まだ終わってねーだろ⁉　リィエルが負けたのは確かに残念だった！　俺だって……いや、この場にいる誰もが、今のアイツならって、そう思ってた！　だが、帝国軍はアイツだけじゃねーっ！　まだ、他に強ぇーのは残ってる！」

「………」

「ぱっと思いつく、今の帝国軍の現状最強クラスの戦力は……俺やベア、第一室の連中……お前を筆頭とする特務分室の連中……それに、魔術学院の高名な先生達……他にもまだまだ色々といるじゃねーか！

そいつら全員で協力して、そのエリエーテとやらを、速攻でぶっ潰すってのはどうだよ⁉　そうすりゃ――」

「貴方《あなた》にしては、珍しく頭を使ったのね、クロウ。でも、無理よ」

イヴが力なく頭《かぶり》を振った。

「元々、私達には前線指揮官を張れる将が足りなすぎるわ。私が組んだ各方面の防衛戦略は、貴方達主力魔導士の存在ありきなの。エリエーテ撃破のために主力を結集したら……他の盤面が二秒も保《も》たない。

そもそも、エリエーテが戦場のどこに現れるかわからない以上、私達の主力陣がエリエーテと対峙《たいじ》するのは……どうやったって、エリエーテが致命的な打撃を、フェジテや帝国軍に与えた後よ。さらには……」

〝自分達が総力を挙げたところで、果たしてあのエリエーテを撃破しうるのか？〟……そんな疑問を呑み込み、イヴが言葉を続ける。

「とにかく、そのやり方じゃ、死者の軍団に普通に城壁を突破されて、雪崩《なだ》れ込まれて、あっという間に詰みよ。それに……敵には未《いま》だ見えてない厄介な駒がある」

「パウエル＝フューネと、エレノア＝シャーレットか」

アルベルトの発言に、イヴがこくりと頷《うなず》いた。

「アルベルト。貴方には戦線参加を外し、特別任務を与えていたわね。大導師を除けば、現・天の智慧《ちえ》研究会で最強の戦力……パウエル＝フューネの動向調査」

「ああ。案の定、やつはこのフェジテ周辺で何かを策していた。明後日の最終戦では、間違いなく、パウエルは動くはずだ」

アルベルトの淡々とした報告に、場が不穏にざわめく。

そして、イヴがため息交じりに話を続ける。

「でしょうね。それに、ジャティス＝ロウファンが相当数始末したらしいけど、天の智慧研究会に所属する外道魔術師の残存戦力も、ここぞとばかりに出てくるわ」

そう。天の智慧研究会には、一騎当千の外道魔術師達がまだ大勢居る。

この大一番で、彼らが出てこないわけがない。

天の智慧研究会に在籍する魔術師達の位階は、第一団《門》《ポータルス・オーダー》、第二団《地位》《アデプタス・オーダー》、第三団《天位》《ヘヴンス・オーダー》と分かれているが、実際は別格の第三団を除けば、第一団と第二団は、さほど魔術師としての実力は変わらない。

むしろ、表向きに高い地位を擁し、社会的・政治的に高度な役割や任務を遂行することが多い第二団より、もっぱら単純明快な荒事・戦闘専門の第一団の方が、戦闘能力的に優れているケースも多々存在する（ジン＝ガニス等が、その典型例である）。

これまでの戦いで、帝国軍も数多くの外道魔術師達を倒してきたが……まだまだ、組織には充分な数の外道魔術師がいるだろう。

「敵がどんな攻め手で来ても対応できるよう、ある程度、こちらの主力戦力を残しておく必要がある。エリエーテに全戦力を傾けるのはそれこそ敵の思うつぼよ」

「ぐ、それは……」

「とにかく敵の動きが読めない以上、こちらは対処の後手に回るしかない。そして、こちらの主力の誰もが自由に動けない中……唯一、自由に動いて回っても問題なく、かつ、こちらの最強の切り札《エース》だったのが……リィエル＝レイフォードだった」

そう、あの不可思議な剣に開眼したリィエルが、エリエーテを抑えることができるのなら、話はまた随分と違ったはずだった。

だが、現実は甘くない。

（そもそも、私としたことが下策も下策よ……リィエル個人の武に頼った戦術を立てるなんて……でも、他にどんな打ち手があった……？）

イヴが苦々しげに、卓上の戦況図を睨《にら》み付《つ》ける。

やはり、何度見ても、特に難しい盤面ではない。

フェジテ周辺の予定戦場の多くは見渡しの良《い》い平原だし、敵軍に複雑な陣形や戦術の気配など一切ない。

ただ……呆れるほど大量に押し寄せてきているだけ。

それを、エリエーテの暴威に任せて押し切ろうとしているだけ。

要するに、圧倒的な物量作戦である。

（舐《な》めているわね……）

正直な話、エリエーテさえいなければ、イヴは《最後の鍵兵団《ウルティムス・クラーウィス》》の侵攻を凌げなくはなかった。

いくら物量に任せているとはいえ、敵軍勢の侵攻にはまったく戦術がない。

愚直な正面突破――それだけ。

ならば、これまでリィエルが最前線で稼いでくれた時間で再編した帝国軍と、準備した戦略級A級軍用魔術……それらを駆使し、フェジテの城壁を盾に籠城《ろうじょう》戦を展開すれば、決して捌《さば》けなくはなかったのだ。

(敵の攻め方は幼稚も幼稚。隣町の子供達との喧嘩《けんか》で、近所のガキ大将が子分達にする指揮の方がよほど高度だわ)

だが、そんな幼稚な戦法を、必勝の戦術にしてしまう存在がある。

接敵即死の無敵の女王《クイーン》──《剣の姫》エリエーテだ。

明後日《あさって》、いざ開戦と同時に、エリエーテは神出鬼没に戦場各地に出現し、こちらの防衛戦線をズタズタにして、《最後の鍵兵団《ウルティムス・クラーウィス》》への対応力をなくしてしまうだろう……かつて、帝都が落とされた時のように。

帝国軍の対応力がなくなれば……あとはいつも通り物量で正面突破するだけ。

これは、ただそれだけの盤面である。

(要するにこの戦い……エリエーテや他の外道魔術師達が仕事を始める前に、いかに潰すかが肝なんだけど、それがキツい！　連中が戦場のどこに出現するかわからない以上、対処しようがない！　こちらの手札《カード》の数とパワーが圧倒的に足りない……ッ！

せめて、敵主力陣の動きが読めれば……エリエーテの出現場所を絞れれば……ッ！)

駄目だった。

いくら考えても、この盤面における対処法は――ない。

《最後の鍵兵団》からフェジテを守る手段はない――それがイヴの結論だ。

ここに集う人材で、イヴ以上に戦術指揮と軍略に長《た》けている人間はいない。

確か、レザリア王国の元・司教枢機卿《すうききょう》ファイス＝カーディスが若い頃、聖堂騎士団の天才軍略家・総指揮官として鳴らしていたらしいが、今、彼はここにはいない。

イヴが何かの作戦を立てなければ、反撃の糸口を提案できねば、帝国の未来は終わる
……だが、何も思い浮かばない。

無敵の女王《クイーン》が、どうしても止まらない。

敵の外道魔術師達の動きが読めない。

ゆえに、どうしようもない。

「……………………」

手で顔を押さえて押し黙るイヴ。

そんなイヴの苦悩する姿に、どうしようもなく不安と絶望が、その場の将校達の間に毒のように浸蝕《しんしょく》していくのがわかる。

それを払拭《ふっしょく》するため、イヴは何かを言わなければならない。

もし、勝てる可能性が限りなく０に近くとも、一同に最後の瞬間まで希望を持たせられるような作戦を、ここで、今すぐ、挙げなければならない。

なのに、イヴがこれまで培《つちか》ってきた全てを動員しても……何も、欠片《かけら》も思い浮かばないのであった。

「…………」

そんなイヴを、女王陛下アリシア七世が見守っている。

「イヴちゃん……」

「イヴさん……」

そんなイヴを、バーナードやクリストフが見守っている。

「「「…………」」」

その場の誰もが、イヴを縋《すが》るように見つめている。

その視線が、凄《すさ》まじい職責の重圧をイヴの双肩《そうけん》にのし掛けてくる。

イヴの精神をぐしゃぐしゃに圧迫し、押し潰してくる。

苦しい。もう止《や》めたい。逃げたい。イヴの心が上げる悲鳴。

今すぐ席を立って、回れ右して、目と耳を塞いで。

みんなの制止や罵倒を無視して、全てを捨てて逃げ出したら、どんなにか楽か。

そんな抗《あらが》えない衝動が、イヴを襲いかけて——……

「ふぅ～～～……」


重苦しい静寂が支配する室内に、気の抜けたようなため息が、不意に響きわたった。

イヴが頭の後ろで手を組み、天井を仰いで思いっきり、息を吐いたのだ。

そして——

どんっ！　あの折り目正しいイヴが、行儀悪く足をテーブルの上に投げ出す。

がしゃんっ！　その足に蹴っ飛ばされ、テーブル上の戦況図に並んでいた敵駒達が、派手に散らばっていった。

「お、おいおい、嬢ちゃん、ご乱心かい⁉」

「じょ、女王陛下の御前でなんて無礼な……ッ！」

ルチアーノ卿《きょう》やエドワルド卿が狼狽《ろうばい》し、そんなイヴを叱責しようとするが。

「良いのです」

そんな重鎮達を、アリシア七世が手で制する。

一体、何事かとざわめく一同の中、アリシア七世だけがイヴを静かに見つめている。

その時──

そんな周囲の状況など露知らず、イヴは一人ほくそ笑む。

（ふっ……以前までの、手柄に固執するプライドだけ無駄に高い私だったら……もう耐えきれなくなって逃げ出してたかもね。大丈夫よ、グレン……私は逃げない）

なんか無意識のうちに、そんなことを思っていた。

（貴方《あなた》は、どんな絶望的な状況でも、決して逃げなかった……まぁ、強いて例外を言うならセラの件だけど……そこはノーカンにしてあげるわ。私のせいだし。

とにかく、三流のグレンにできたことが、超一流の私にできないはずがない……やってやろうじゃない……貴方のように）

そんな風に、気を取り直して。

そのテーブルの上に足を投げ出す無礼な格好が、自分が三流と罵る部下《グレン》がよくやっていたポーズであることにも気付かず、イヴはテーブル上に目を向ける。

そこには、自分の足で駒並びをぐしゃぐしゃにしてしまった戦況図がある。

（あーあー、我ながら派手にやったわね……また、一から並べ直さないと……）

肩を竦《すく》めて苦笑し、立ち上がる。

そして、目を瞬《しばたた》かせる一同の前で、散らばる駒を手に取った。

（ああもう……数が多くて面倒だわ。もう適当に並べようかしら？　どうせ、敵側には無敵の女王《クイーン》があるんだから、今さらどんな風に駒並べたって同じ……）

そんなことを思いながら、散らばる駒を並べ始めた……その時だった。

（……え？　どんな風に並べたって……同じ……？）

何かが……不意に、イヴの脳裏に引っかかっていた。

（……同じ……）

そのなんの変哲もない言葉が。今まで、ずっと頭のどこかに引っかかっていた微《かす》かな違和感を、急速に意味ある形へと成し上げていく。

改めて、駒とぐちゃぐちゃの戦況図を見比べていく。

そして……突然、イヴの脳裏に稲妻のような衝撃が走った。

「そうだわ……どんな風に並べても同じなんだわ、これ……ッ！」

イヴはそんな意味不明なことを叫んでいた。

「お、おいおい、イヴちゃん……どうしたんじゃ？」

「言葉の通りよ！」

驚いたバーナードの問いに、イヴが喰《く》い気味に返す。

「ずっと、心のどこかで気になってたのよ……なんで、敵はこんな一々駒を並べる価値もない、杜撰《ずさん》で滅茶苦茶《めちゃくちゃ》な侵攻をするんだろうって！

だって、このガキ大将のご近所紛争じみた兵団運用《ポーン》は、《剣の姫》エリエーテ……無敵の女王《クイーン》がないと成り立たない……ッ！」

「いや……実際、敵にはその無敵の女王《クイーン》があるんじゃから、今さらそんな話、無意味なことじゃ……？」

「いいえ、意味はあるわ！　とても重要なことよ！」

イヴがテーブルを叩《たた》く。

「いい？　無敵の女王《クイーン》のせいで盤面が詰んでいるから見落としがちだけど、要するに敵はこの無敵の女王《クイーン》の能力に任せて、強引に勝利をもぎ取りに来ているだけなのよ！　自身らの戦力損耗を何一つ考えてない！」

「！」

「私が敵軍の将だとして、この大軍に無敵の女王《クイーン》……これだけの戦力があれば、はっきり言って、本気で戦術練って、効率的な軍事行動を行えば、今のフェジテなんか余裕で、最小限の損害で落とせるわ！

なのに、敵は今まで散発的な侵攻を無駄に繰り返した……戦力が圧倒的とはいっても、その大部分は、元・レザリア王国民……つまり、無尽蔵に見えるけど有限。

なら、まともな戦術眼《がん》が少しでもあれば……これまでの戦力の無駄遣いは絶対におかしいし、こんな杜撰な攻め方はない！」

ざわ、ざわ、ざわ……と。

イヴの指摘に、場の一同がざわめき始める。

そう言われてみれば……確かにイヴの言う通りなのだ。

これまでの圧倒的な攻勢と緊迫感に誤魔化されてきたが、確かに軍事的戦略面から考えれば、今回の敵の侵攻は不自然極まりない。

もっと上手いやり方がいくらでもある。

「問題は、なぜ、敵があえてそんな無茶苦茶をし続けてきたか、よ」

本題だとばかりにイヴが続ける。

「ただ、アルザーノ帝国最後の砦《とりで》たるフェジテを落として、この国を手中に収めたいだけなら、滅ぼしたいだけなら、もっと他に効率の良《い》い戦術は幾らでもあった。

それとも……無敵の女王《クィーン》があるから、戦術を考える必要がなかった？　ゴリ押しで行けそうだから、そのまま行くつもりだった？　違うわ。

この国をマッチポンプで千年以上翻弄し続けた、あの天の智慧《ちえ》研究会が、今さらそんな生温《なまぬる》いことやるわけない。この出鱈目《でたらめ》な侵攻には間違いなく意味がある。

不自然さの裏側には、必ず理由がある。

敵が、その不自然を敢《あ》えてやらなければならない理由……むしろ、それこそが必要だったと考えるなら……そこに今回の戦いの突破口があるはず……ッ！」

「ならば、それは一体なんだ……？　連中は一体、何が目的だというのだ……？」

一同の疑問を代弁するハーレイの問いに。

その場の誰しもが、微かな希望を胸にイヴを見つめるが。

「それは……まだわからない……けど……」

イヴが苦渋の言葉で告げ、その場の一同が、ガッカリしたように息を吐く。

だが、その時、イヴの思考はかつてないほど大回転していた。

（そもそも……今回の天の智慧研究会の大攻勢《最後の鍵兵団《ウルティムス・クラーウィス》》……考えてみれば、これも妙な名前だわ。

最後って、何？　最後ってことは……今まで積み上げた、何かがあったはず。

思い出せ……恐らく、これは有史以来続いた帝国と天の智慧研究会の戦いの、その延長線上にあるもののはず……そして、今までフェジテで起きた出来事……そのどこかに答えの鍵が必ずあるはず……ッ！）

思えば。

なぜ、最後の戦いの場所がこのフェジテなのだろうか？

フェジテでなくてはいけなかったのだろうか？

偶然といってしまえばそれまでだが……それを差し引いても、そもそもこの一年、フェジテでは天の智慧研究会絡《がら》みの事件や事変が起こりすぎだ。

その最たるものが──……

（アセロ＝イエロとの戦い……《炎の船》事変。あの時もフェジテは滅びかけた。あの時はルミア＝ティンジェルを狙った、ラザールの暴走だと思っていたけど……）

イヴの脳内の片隅に記憶されていた、とある報告書の一文が思い浮かぶ。

《鉄騎剛将》アセロ＝イエロは〝大導師の悲願達成のために、フェジテを滅ぼす〟という旨《むね》の発言をしていた。その詳細不明。要検証──

（そうだったわ……あの時は、狂人の戯言《たわごと》かと思ったけど……あれが限りなく、なんらかの真実や目的に基づいた言葉だったとしたら？）

それを裏付ける今回の大攻勢──フェジテが危急存亡の秋《とき》となるのは、これで二度目。

同じ年に、二度もフェジテが帝国を揺るがす事件の中心的大舞台となり、滅ぼされようとしているのだ。

もう偶然のはずがない。

そもそも、帝国と天の智慧研究会の戦いそれ自体が盛大なマッチポンプだ。このフェジテや帝国そのものに、なんらかの仕込みや狙いがあっても、何もおかしくない。

ゆえに、イヴは考える。

（ひょっとしたら……〝フェジテという地で、殺戮《さつりく》や滅亡を起こす……それ自体に何か意味がある〟のでは？　だから、勝ち方はどうでもいいのでは……？）

フェジテの空に浮かぶ、《メルガリウスの天空城》。

魔術学院の地下に広がる古代遺跡の迷宮《嘆きの塔》。

天の智慧研究会の大導師の正体──古代魔法文明の時代より蘇《よみがえ》りし魔王。

帝国王家の血に隠された、悍《おぞ》ましき秘密。魔王の系譜。

そして、極めつけ。魔導考古学的に、ここフェジテは、かつて魔王が治めた魔国の首都──魔都メルガリウスが存在したとされる曰《いわ》く付《つ》きの地。

この地に纏《まつ》わる何もかもが、なんらかの一直線上で絵図面を描いている──描いていないはずがない。

「……ごめんなさい。戦略会議は一旦、中止よ」

一方的にそう言い捨てて、イヴが立ち上がった。

突然のことに、ぎょっとするしかない一同。

「ちょ、イヴちゃん、中止って……一体、どうする気じゃ⁉」

「どうしても、今すぐ確認しなきゃいけないことがあるの。私は、今からこの事態の突破口となる鍵を握っているかもしれない、ある人物に会いに行く」

「はぁ⁉ 人に会いに行くって……それは一体、誰じゃ⁉」

バーナードの問いに、イヴが振り返って、堂々と言った。

「ええ。その人物の名は――……」

――。

「り、リィエルちゃんがやられたって⁉」

「そ、そんな……ッ⁉ 嘘《うそ》ですわ！」

その信じられない一報に、カッシュとウェンディが目を剥《む》いて叫んでいた。

当然、彼らだけではない。他の二年次生二組の生徒達はもちろん、ジャイル、リゼといった他学級の生徒達、コレット、フランシーヌ、ジニーら聖リリィ組、レヴィン、エレンといったクライトス組も、同様に唖然《あぜん》としている。

そこは、フェジテ城壁防衛任務に就いた学徒魔導兵達の詰め所の談話室。

エルザが持ってきたリィエル敗北の報《しら》せに、その場の生徒達の間に隠しきれない衝撃と動揺が走っていた。

「う、嘘だろ……あのわけわんねーくらい強ぇ、リィエルが負けるなんて……ッ!?」

「どういうことですの、エルザ!?　一体、何があったんですの!?」

コレットとフランシーヌが血相を変えて、エルザへと詰め寄る。

「も、申し訳……ありません……」

だが、顔面蒼白《そうはく》となったエルザは俯《うつむ》き、涙交じりに答えることしかできない。

「どうしようも……なかったんです……私、何もできなかった……」

「お前がそこまで言うヤベーやつが出てきたのかよ……ッ!?」

「一体、どんな相手だったんですの……ッ!?」

そんなフランシーヌの問いに。

「……《六英雄》が一翼……《剣の姫》エリエーテ＝ヘイヴン……」

エルザが震えながら、絞り出すように呟《つぶや》く。

「かの剣神が蘇り、敵側についたという噂《うわさ》は本当でした……あいつは悪魔です……もし、リィエルがいなかったら……今日、私達は全滅していました……」

「ぜ、全滅……？　このフェジテを守る帝国軍一万五千が……？」

「違います……フェジテそのものが、です」

「「「…………ッ⁉」」」

エルザの返答に、その場の誰もが息を呑《の》む。

「……なんてヘヴィな。いやになりますね」

ジニーがいつものように淡々とぼやく。

まるで冗談みたいな話だが、エルザは本気で言っている。心底の恐怖に震えている。

最早《もはや》、想像を絶することだが……エルザの言葉は恐らく真実なのだと肌で感じられた。

「その様子だと……《剣の姫》エリエーテが、帝都を落とす際、帝都防衛軍三万を単騎で蹴散らしたという噂も真実だったようですね……認めたくありませんでしたが」

「ちっ……本物の英雄、本物の《剣の姫》というわけか……くそったれが」

リゼとジャイルも苦渋の表情でそう呻《うめ》くしかない。

「そ、それで、リィエルちゃんはどうなったんだよ⁉」

カッシュの鬼気迫る問いに、エルザが言いづらそうに答える。

「現在、リィエルは、アルザーノ帝国魔術学院の法医儀式室に運び込まれ、セシリア先生の心霊手術を受けている最中です。

ですが……再起不能から回復できる可能性は、五分五分だと……」

「そんな……」

「なんてこと……」

セシル、リン、テレサが痛ましそうに俯いてしまう。

「こ、こうしちゃいられねえ……ッ！　行くぞ、みんなっ！」

すると、カッシュが慌てて立ち上がり、駆け出そうとして。

「どこへ行く気だ、君は」

ギイブルが呆《あき》れたように眼鏡を押し上げ、カッシュの肩を掴《つか》んでいた。

「決まってるだろ、リィエルちゃんの所だっつーの！」

「僕達が行ってどうするんだよ？　一体、今の僕達に何ができるって言うんだ？」

「な、何もできねえけどッ！」

カッシュが肩を掴んでくるギイブルの手を乱暴に払う。

「それでもこう……何かあるだろ!?　祈るとか、気持ちを送るとか、そういうのッ！」

「はぁ〜〜〜、まったく……君は本当に魔術師か？　非合理的な……」

だが、呆れつつも、ギイブルもまた歩き始める。

非合理かつ身勝手な理由でね」

そんなギイブルの言葉に。

カッシュが目を瞬《しばた》かせ、ウェンディやテレサ、セシルにリン達が頷《うなず》き合って。

アルザーノ帝国魔術学院へ向かって、駆け出すのであった——

「行こう。僕達に何ができるわけでもないが……傷ついた友人の傍《そば》に居てやりたいという

「まぁ、僕も似たようなものか」

「ギイブル?」

〜〜〜〜。

ふと——気付けば。

その刹那、わたしの眼《め》に灼《や》きついたのは——閃光《せんこう》。

眩《まばゆ》いばかりに輝く金色。危険な光の剣閃。

わたしは、その光を打ち消そうと必死に剣を動かす。

剣先から同じ金色の光を飛ばし、その金色にぶつける。

だけど——わたしの手足は、金色にあっさり斬り飛ばされ、無惨《むざん》に空を舞う。

「ぁ、ぁぁ、ぁああああああああああああああああああああああ──ッ!?」

手足をなくして、わたしは無様に地を転がり、這《は》いつくばる。

そして、金色の光でわたしの手足を落とした、わたしそっくりの顔の女は、わたしに笑いかけ……わたしを踏み越えて歩いていって……

身動きの取れないわたしの前で、嬉々《きき》として殺戮を始めた。

逃げ惑うフェジテの市民を、片端から皆殺しにしていった。

わたしそっくりの顔の女は、ニコニコしながら振るう禍々《まがまが》しき光の剣閃で、フェジテの街を破壊し、アルザーノ帝国魔術学院を破壊して。

わたしのクラスメート達を、友達を、一人一人、順番に斬殺していく。

わたしの大切な、大好きな人達が、次々と、無惨に、為《な》すすべなく殺されていく──

地獄絵図だ。

「やだ……やだ……やめて……」

だけど、わたしには手足がない。

もう立てないし、剣も握れない。もう、誰も、何も守れない。

その女の無慈悲な殺戮を、ただ黙って見ているしかない。

「やめて……やめてぇええええええええええええええええ――ッ⁉」

わたしが、魂が砕け散らんばかりの絶望に泣き叫んでいると――

「それは、〝悪夢〟……貴女《あなた》の〝恐怖の形〟だよ。負けないで、リィエル」

そんな優しげな言葉が、わたしの耳元で囁《ささや》かれる。

「……！」

ふと――また、気付けば。

周囲の風景が、まったく変わっていた。

そこは、先ほどまでのような凄惨極まりない戦場ではない。

そこは、見渡す限りの大海原と、無限の空の世界だった。

沈みかかった夕陽《ゆうひ》が、水平線を真っ赤に燃え上がらせ、世界を黄金の極彩色に染め上げている。

灼けた陽を照り返し、寂しげに煌《きら》めき輝く砂浜に突き立つは一振りの剣。

他に何もない、寂しい黄昏《たそがれ》の世界。

そんな風景の中に……砂浜に突き立つ剣の傍に……その人は立っていた。

「ここで、こうして会うのは久しぶりだね、リィエル……」

見覚えがある人だった。姿格好は、わたしの手足を斬り落としたあの悪魔のような女とそっくりだが……根本的な何かが違う。

わたしを見つめる眼は、とても優しげで……そして、とても痛ましげだ。

「……ひめ……？」

ひめ……わたしの心の中に住んでいるエリエーテが、穏やかに微笑《ほほえ》んだ。

気付けば、身体《からだ》が痛くない。手足もちゃんとある。

わたしは砂を払いながら、ゆっくりと立ち上がる。

「もうキミに干渉するつもりはなかったんだけど……どうやら、そうも言ってられないみたいだからね。また、会いに来たよ。今のボクはキミの一部だから」

ひめが神妙に言った。

「ここは、心の世界……どちらかというと、キミというより、ボクの心象世界かな？　夢と現実の狭間《はざま》、意識と無意識の境界に形作られた……」

「よくわからないから、どうでもいい」

ひめの言葉を無視して、わたしは、ひめに問いかける。

「わたし……ひめとそっくりな人と戦った」

「知ってる。一部始終、見てたよ……キミの中で」

「あの女……見た目はひめと一緒だけど、なんか中身が全然違う。すごく怖くて……すごく気持ち悪かった……」

「…………」

「でも……すごく強かった。ぜんぜん……勝てなかった……」

ぶるり、と。わたしは身を震わせながら、問いかける。

「ねぇ、ひめ……あの人は何？」

「アレもまた、ボクだよ」

ひめが、どこか複雑そうに言った。

「より正確には……あったかもしれない、ボクのもう一つの姿。可能性」

「ひめの可能性……？」

こくり、と頷いて、ひめが続ける。

「少し難しい話をするね。リィエル、キミは【孤独の黄昏《トワイライト・ソリチュード》】に開眼したよね？」

「……なんか、剣から出るあの変な光のこと？」

「そう。アレは、かつてのボクが、ボクの全てを捧《ささ》げて剣を極め果てた先に見つけた……

ボクだけの光。剣の極地、一つの到達点、至高の剣技だ」

「…………」

「魔術は、呪文による自己暗示改変を介しての世界干渉……つまり、自分の心と向き合う技術だよね？　あの光の剣閃も似たようなものらしいよ？　呪文の代わりに剣で世界に介するらしいけど」

「…………」

「ただ、それを、魔術でいう〝魔法〟の領域で成した技が【孤独の黄昏《トワイライト・ソリチュード》】……だから、〝私でも複写《トレース》できない〟って、セリカもよくそう言ってたっけ……」

「セリカ？」

「あ、うん。ボクの昔の友達」

懐《なつ》かしそうに目を細め、ひめが続けた。

「ボクも難しいことはわからないんだけど、セリカ曰《いわ》く、【孤独の黄昏《トワイライト・ソリチュード》】は、魔術理論的には、剣を介した自己暗示改変で、自分自身を一振りの剣と練り上げる業だそうだ。人の可能性を〝斬る〟という概念のみに特化・昇華させる……なんか、固有魔術《オリジナル》というものと似てるみたい。ボクは魔術はサッパリだけど」

「…………」

「人とは無限大の可能性を持つもの。ゆえに、この世界のあらゆる存在と概念を〝剣で斬れる〟可能性は、たとえ那由多の果てほど遠くても、0じゃない。【孤独の黄昏《トワイライト・ソリチュード》】は、その限りなく0に近い可能性を〝切り開く〟んだ」

「わたしにはよくわからないけど……つまり、なんでも斬れる？」

「キミはそういう理解でいいよ」

　ひめが苦笑した。

「ボクもこの光の剣閃に開眼してから、この光を極めようと夢中で剣を振り続けた。振り続けるほど、自分の剣がどこまでも高まっていくのが嬉《うれ》しかった。でも……」

「でも？」

「……ある時、壁にぶつかった」

　ひめが嘆息した。

「言ったよね？【孤独の黄昏《トワイライト・ソリチュード》】は、自分自身を一振りの剣と練り上げる業だって。それは、つまり……究極、人間性の放棄に他ならなかったんだ」

「……人間性？」

「たとえば……剣が喜怒哀楽を感じる？　誰かを守りたいと願う？　そう……それは剣にとっては〝余分〟だ。〝斬る〟という機能と概念に不必要なものだ」

「…………」

「【孤独の黄昏】《トワイライト・ソリチュード》を極めるということは、自分という存在から、剣に必要ない〝余分〟を削《そ》ぎ落としていくということ。そうしないと真なる完成はない……そう気付いた。

結局、ボクには、それができなかった……理由は覚えてないけど」

「…………」

「でも、キミが戦ったあのボクは違う。【孤独の黄昏】《トワイライト・ソリチュード》を極めるため、なんの躊躇《ためら》いもなく自身の余分を削ぎ落としている。限りなく完成に近付いている。

あのボクは、笑っているように見えて、愉《たの》しんでいるように見えて……その実、何も感じてない。ゆえに、あのボクは——生前のボクよりも圧倒的に、強い」

そんな風に語るひめへ、わたしは問う。

「どうしたら、勝てるの？」

「…………」

「わたし……みんなを守りたい……フェジテを守りたい……ねぇ、教えて、ひめ。どうしたら……あいつに……エリエーテに勝てるの……ッ!?」

「そう思っている時点で」

ひめが無念そうに頭《かぶり》を振った。

「キミはもう……勝てないんだよ」

「⁉」

「あのボクとの戦いは必定、【孤独の黄昏《トワイライト・ソリチュード》】の完成度の勝負となる。そうやって、キミが〝余分〟を心に抱えている限り……【孤独の黄昏《トワイライト・ソリチュード》】で勝つことは不可能だ」

「……そんな」

がくりと、頭《こうべ》を垂れるわたしを。

ひめは、しばらく重苦しい表情で見つめて……呟《つぶや》いた。

「キミがあのボクを打倒する唯一の方法は……同じ領域に立つこと。つまり、人間性の放棄。キミの〝余分〟を削ぎ落とし、【孤独の黄昏《トワイライト・ソリチュード》】を鍛え上げることだ」

「……ッ⁉」

「幸い、ここは精神世界。もし、キミがそれを望むなら……できるよ。恐らく、あのボクも、こうやって己を一振りの剣として鍛え上げたはずだ……」

ひめが、さっと手を振るうと。

ザッ、ザッ、ザザザザ――――

ノイズと共に、風景が――変わった。

「ここは……？」

わたしは、眼《め》を瞬《しばたた》かせて見る。

そこは――教室だった。

アルザーノ帝国魔術学院二年次生二組の教室。

グレンがいて。

ルミアがいて。

システィーナがいて。

クラスのみんながいる。

なんかグレンがシスティーナに怒られていて、みんながそれを見て笑っていて。

そんな、なんでもない、いつもの光景が、そこにある。

「ここは、キミの心のもっとも深い場所。キミの真なる心象風景だ。恐らく、キミにとってもっとも大切な思いが、感情が、記憶が、思い出が……ここに詰まってる」

「……なんで？」

「〝余分〟を削ぎ落とさなければならないって……言ったよね」

ひめが悲しげに呟いた。

そして、あの砂浜に刺さっていた剣を取り出し……わたしに握らせる。

「この世界にあるものを斬り捨てていく度……【孤独の黄昏《トワイライト・ソリチュード》】は高みに昇華する。あのボクの領域に近付いていく」

「……ッ⁉」

「でも、この行為は……キミ自身の心の不可逆の破壊と改変に他ならない。一度、斬って捨てたが最後……キミはもう、斬ったモノに対して以降、何も感じることはない。愛《いと》しさも、安らぎも。友情も。彼らとの大切な思い出も、掛け替えのない記憶も思い出も、何もかも……全て失う。キミの心が元の形に戻ることは……一生ない。

つまり……人間を辞めて、キミ自身が一振りの剣になるっていうこと」

「…………」

押し黙るわたしに、ひめはもう一度聞いた。

「もう一度聞くよ。……やる？　キミの大切な者達を守るため、キミがキミ自身でなくなって、大切な者、全てを失う……そんなことになったとしても……キミはやる？」

「…………」

そんな、ひめの言葉に。

わたしは、手にした剣をゆっくりと構え、こう答えるのであった。

「わたしは……グレンの剣。グレンはわたしのすべて。わたしはグレンのために生きると決めた……グレンの大切なものを守れるなら、わたしは――……」

そして、リィエルは――……

――――。

――――。

――――。

「リィエルちゃん!?」

「リィエル！　よかった……目を覚ましたのですねッ!?」

そこは、白で統一された学院の病室。

リィエルが横たわるベッドに、カッシュやウェンディ達が集まっていた。

リィエルはうっすらと眼を開き、天井を見つめている。

「大丈夫か？　君は、昨日やられて以来、丸一日寝ていたんだ」

どこか安堵《あんど》したように息を吐くギイブル。

「もう、眼を覚まさないのかと、みんな、すごく心配してたんだよ……」

リンも涙ぐんで、リィエルの手を取った。

「は、ははは……とにかく、意識が戻ったようで何よりだ！」

「ええ、本当によかったですの！」

そんな風に大騒ぎするコレットやフランシーヌを尻目に。

「…………」

リィエルは、ゆっくりと無言で身を起こす。

簡素な患者衣を纏《まと》っているリィエルが、ゆっくりと確認するように手足を動かす。

「手足の調子はどうですか？　リィエルさん」

すると、控えていた学院の法医師セシリアが、リィエルを気遣うように聞いた。

「その……切断された手足は、筋肉から骨、神経から霊絡《パス》に至るまで、私の法医師の意地をかけて完全に繋《つな》いだつもりです。もし、違和感がありましたら……」

だが、リィエルはそれに何も答えず。

しばらくの間、自分の手足の調子をまるで道具のように確認して。

そのまま、無言でベッドを降り、戸惑う一同の前で部屋を出ていこうと歩き始めた。

「お、おい……リィエル、どこへ行くんだよ⁉」

「じ、じっとしてなきゃ駄目だよ！　君はまだ——」

慌ててカッシュとセシルがリィエルを引き留めようと、リィエルの華奢《きゃしゃ》な身体《からだ》に組みつくが……

「う、うおおおおっ⁉」

「わぁあああっ⁉」

リィエルはまったく止まらない。

組みついたカッシュやセシルなど、まったく見えていないかのように。組みつかれていることにすら気付いてないかのように。

リィエルはそのまま、二人をズルズルと引《ひ》き摺《ず》りながら歩いていく。

「くそっ……なんて力だ……」

やがて、カッシュとセシルは力尽きたようにリィエルから手を離し、床に這《は》いつくばるのであった。

「ちょ、ちょっと、リィエルさん⁉　リィエルさんっ！　まだ、色々と術後のケアが残って……ッ！　きゃあっ⁉」

セシリアもなんとかしてリィエルを止めようとするが、淡々と歩いてくるリィエルに弾《はじ》き飛《と》ばされ、床にぺたんと尻をつくだけだ。

「リィエル、どうしたの⁉　いい加減にして！」

そんなリィエルの行く手に、エルザが立ちはだかった。

「なんとか手足は繋がったけど、昨日の今日なんだよ⁉　失った大量の血！　心霊手術の負荷で衰弱しきった身体！　今、動いたら命に関わるかもしれないんだよ⁉」

「…………」

「それでも勝手に動くっていうなら、私が力尽くでも──……」

エルザが必死に叫び、峰打ちも辞さないつもりで刀の柄《つか》に手をかけて。

リィエルの眼を真正面から覗《のぞ》き込むと──

「……え……？　リィエル……？」

ぞわり、と。

エルザは、己の背筋を駆け上る薄ら寒い感触に硬直した。

リィエルのその眼には……まったく光がなかったのだ。

ありとあらゆる光を吸い込む、奈落の底のような眼であったのだ。

恐らく、今のリィエルの眼には、周囲の人間達が誰も映っていない。正面にいるエルザすら見えていない。

光を失ったわけではなく、その瞳がもう何も捉えなくなったのだ。

そして、そんな人外の眼を……エルザは知っている。忘れもしない。

今のリィエルの眼は。

あの悪魔のような女──《剣の姫》エリエーテ＝ヘイヴンにそっくりなのだ。

思えば、あの女もその眼にはなんの感情もなかった。

そのくせ、人のように笑ったり、語ったりするから、なお一層のこと気持ち悪く、とてつもなく恐ろしい。人の皮を被《かぶ》った化け物だ。

リィエルが……なぜか、その化け物に限りなく近付いている。

容姿が限りなく酷似しているため、ますます、そう強く感じられる。

同時に。

今のリィエルが、自分の知るリィエルから致命的なまでに変質してしまったことも──

「……リィ……エル……」

動けず、硬直するしかないエルザの傍《かたわ》らを。

「…………」

結局、一度たりともまともに見ることなく、リィエルが無言で通り過ぎていく。

そして、呆気《あっけ》に取《と》られた一同が見送る中、リィエルは病室の外へと無言で出ていくのであった——

「な、なんか……リィエルのやつ……様子がおかしくなかったか？」

「ああ……」

コレットの言葉に、カッシュが頷《うなず》く。

「ねぇ、ウェンディ……今のリィエルの様子……」

「ええ、貴女《あなた》もそう思ったのですね、テレサ」

不安げなテレサに、ウェンディが神妙に同意する。

「今のリィエル……私達のクラスに初めて転入してきた頃の彼女にそっくりですわ……」

「いや……あれはもっと酷《ひど》いよ……」

セシルが沈痛そうに頭《かぶり》を振る。

「確かに、当初のリィエルは感情が見えない子だったけど……まったく、それがないわけじゃなかった。今の彼女は、本当に何もかもなくしちゃったみたいだ……」

「まるで……自我のない人形のよう……」

そんなリンの呟《つぶや》きが的を射ていたのか、一同が息を呑《の》む。

そして、一同が何か問いたげにセシリアへ目を向ける。

だが、セシリアも力なく頭を振るだけだ。

「私が行った心霊手術は、本当に肉体の修復だけなんです。記憶や精神になんらかの影響があったなんて……考えられません……」

「帝国最高の法医師であるセシリア先生が、そう言うならそうなんだろうけど……」

「じゃあ、一体、リィエルはどうして……？」

エルザは、リィエルが出ていった開けっ放しの扉を不安げに見つめるしかない。

「……リィエル……丸一日寝ている間、一体、貴女の身に何が……？」

誰もが、その問いに答えられない。

今、重苦しい不安と焦燥が、一同の頭上に重くのしかかるのであった。

────。

「貴方《あなた》……相変わらずね」

「……君か。何をしに来た？」

呆《あき》れたように言うイヴに、その男──学院の魔導考古学教授フォーゼル＝ルフォイ＝エルトリアは興味なさげにぼやいた。

そこは、アルザーノ帝国魔術学院の附属図書館、地下書庫。

暗くかび臭い書架の間、燭台《しょくだい》の淡い光を頼りに、フォーゼルは一心不乱に本を読み続けている。

「それはこっちの台詞《せりふ》よ。貴方、こんなところで何をやっているわけ?」

「見てわからないか? 本を読んでいるんだ」

呆れ顔《がお》のイヴを一瞥《いちべつ》すらせず、フォーゼルは本と向き合い続ける。

速読でもやっているのか、頁《ページ》をめくる手がとにかく速い。

「もうすぐ、この貴重な書籍類が全て地上から消えてしまうかもしれないからな。今の内に頭に入れられるだけ入れておく。フェジテなんかどーでもいいが、ここの本が失われるのは実に勿体《もったい》ない」

「だから、禁書区画に無許可で忍び込んだわけ?」

「今は、皆、大騒ぎでセキュリティが超甘いからな。こんなチャンス逃すものか」

「呆れるしかないわね」

こんな辺鄙《へんぴ》な場所に引きこもられていたせいで、捜すのに苦労した。

こんな切羽詰まった状況だというのに、相変わらずブレないフォーゼルに、イヴは苛々《いらいら》してくる。

「まぁ、残ってくれていただけマシだけど。貴方みたいな自分勝手な唯我独尊男、さっさとフェジテを見捨てて、どっかに消えてもおかしくないし」

「ぶっちゃけ、そうしても良かったのだがな。まぁ、グレン先生と約束したからな……彼の不在の間、生徒達を守ってやると」

ぽいっ！　フォーゼルは本を捨て、次の本を手に取り、速読を始めた。

周囲には似たように読み捨てられた本が、足の踏み場もないほど散らばっている。

「ふっ……褒められた話じゃないが、僕は人との約束など、僕の都合次第で平気で破る男だ。万事が万事、僕の都合が最優先だからな！」

「本っ当に、褒められた話じゃないわね」

「僕が人の信頼を裏切るのは構わないが、人が僕の信頼を裏切るのは許さん！」

「クズか。いや、わかってたけど」

相変わらず、同じ空間にいるだけで頭が痛くなってくる男である。

イヴがそう辟易《へきえき》していると……

「とまぁ、そんな僕だが……不思議な男だな、グレン先生は」

フォーゼルが、やはり本を読む速度をまったく落とさず、そう零《こぼ》した。

「不思議と、先生の信頼には応えたくなった。彼は誰に対しても本気だ。取り繕った上《うわ》っ面《つら》の接し方などしない。こんな偏屈な僕に対してもな」

そう言って、やはり本を読みながら、口の端を吊《つ》り上げる。

「だって普通、こんな僕を一々律儀《りちぎ》に相手するか？　はっきり言って、僕がグレン先生だったら嫌だね」

「自覚あるなら、なんとかしなさいよ」

「まぁ、そういうわけで、グレン先生の信頼と約束を守るのは、僕にとって非常に価値がある……後で色々と遺跡探索手伝ってくれそうだし」

「こ、こいつはどこまでも……ッ！　……ま、まぁ、いいわ」

呆れを盛大なため息で吐き出しながら、イヴが本題に入る。

「フォーゼル。貴方をこの現帝国最高クラスの魔導考古学者と見込んで、聞きたいことがあるわ。貴方の知見を拝借させて欲しい」

「お断りだ。僕は今、忙しい」

どこまでもブレないフォーゼルに構わず、イヴが一気にまくし立てる。

「このフェジテを滅亡させることに……なんでもいいわ、何か意味があるとしたら……貴方は、それは一体、なんだと考える？

もちろん、軍事戦略的な意味じゃない……魔導考古学の見地からよ」

正直、我ながら実に頭の悪い質問だな、とイヴは思った。漠然と感じている違和感をなんとか言葉にしただけだから、うまく纏《まと》まらないのだ。

これじゃフォーゼルに散々バカにされても仕方ない……イヴがそう思っていると。

「！」

途端、フォーゼルの本をめくる手が止まった。

そして、くるりと振り返り……イヴがここにやって来て以来、初めてまともにイヴの顔を見た。

「……ほう？　ロマンのわからん堅物女かと思いきや……なかなか、興味深いテーマを持ち出すじゃないか？　まさか、君も〝メルガリアン〟なのか？」

〝メルガリアン〟とは、魔導考古学に傾倒する者達の中でも、特に《メルガリウスの天空城》の研究に固執する者達のことだ。

そして、その瞬間、イヴは自分の形にならない憶測が的を射ていることを悟った。

「ふっ、そうだよなぁ！　〝メルガリアン〟なら、一度くらいフェジテを滅亡させてみたい！　と夢想することもあるよなぁ！　かくいう僕も、昔は——……」

「貴方の馬鹿な妄想はどうでもいいわ！　フェジテを滅ぼすという行為の意味は、一体、何よ!?　もったいぶらないで、早く教えなさい！」

「馬鹿め。これだからニワカは……魔導考古学的見地からフェジテの滅亡を語れと言われれば、もうアレしかないだろう？　『メルガリウスの魔法使い』最終章」

「は？　あのロラン＝エルトリアの童話の？　確か、正義の魔法使いと魔王の最終決戦を描いた章？」

「ああ。それは――……」

そうして。

フォーゼルが得意げに早口で語るその内容は――……

――――。

――その夜。

イヴは再び、各要人を招集して、緊急会議を開いた。

そして、驚くべき作戦内容変更を提案するのであった。

その内容は、これまでイヴが決戦に備え、苦労して積み上げ続けてきたものを全てひっくり返すような大暴挙であった。

────。

──一方、その頃。

タウムの天文神殿最深部──大天象儀室《プラネタリウム》にて。

「一緒に行けなくて、ごめんね……どうか……先生を……お願いね……？」

零れるルミアの涙。

「る、ルミアァアアアアアアアアアアアア──ッ！」

「ちっくしょおおおおおおお──ッ！」

木霊《こだま》する、システィーナとグレンの叫び。

そして、ついに虚空《こくう》にて開かれる〝門〟──《星の回廊》。

それが眩《まばゆ》い光を放ち、辺りを真っ白に染め上げて──

そして、その中へと、グレンとシスティーナが凄《すさ》まじい吸引力で呑み込まれていく。

二人を誘《いざな》う。時を超えて。

今、此処《ここ》とはまったく違う時代へ──

様々な苦難と苦悩の果てに、グレンとシスティーナが5853年の時を超えて、古代魔法文明へ旅立った後。

タウムの天文神殿最深部、大天象儀室《プラネタリウム》の大天象儀装置の前で。

ナムルスとル＝シルバ、そして、大導師フェロードとレ＝ファリア──つい、先刻までルミアだった存在──が対峙《たいじ》していた。

一触即発の緊張感が張り詰める中。

ぱちぱちぱち……気の抜ける音がそれを破る。

「よく頑張ったね、ラ＝ティリカ。ル＝シルバ。褒めてあげるよ」

「……ッ！」

だが、そんなフェロードの態度はナムルスの神経を逆なでするだけだ。

ナムルスは目の端を吊り上げて、さらに鋭くフェロードを睨《にら》み付《つ》ける。

「残念だったわね、魔王。貴方も知っているでしょうけど、過去に飛んだグレンは空《セリカ》と共に、過去の貴方を倒す。これでこの因果は確定だわ。ざまあみろ」

「別にそれは構わないんだけどね」

フェロードがどこまでも余裕を崩さず、肩を竦《すく》めた。

「今の僕は、あの敗北から全てを積み上げた存在なんだ。だからこれは歴史の必然。何も問題ないよ。ただ、そのまま行かせるのも悔しいから、ちょっと茶々を入れただけさ」

「つまり、私達が必死になってるのを見て楽しんでいた……というわけ？　ちっ……本っ当にいやらしい男になったわね、貴方！　昔の貴方はそんなんじゃなかった！」

そうナムルスが吐き捨てると。

「そう思っているのは、姉様だけだよ？」

フェロードに寄り添うレ＝ファリアが穏やかに微笑《ほほえ》みながら言った。

「この人は、昔からいつだって純粋で心優しくて……それは今でも変わらない。こうやって、この世界を救うために腐心してるの。あの程度の悪戯《いたずら》はご愛敬《あいきょう》だよ」

「はぁ〜、恋は盲目ってやつね。いい加減に目を覚ましなさいよ、バカ妹」

ナムルスは挑発するように、レ＝ファリアへ吐き捨てる。

「かつての言葉をそっくりそのまま返すわ。二股とはいいご身分ね？　我が妹ながら、呆《あき》れた尻軽女だわ」

「あいつは、私《ルミア》じゃない……ッ！」

逆鱗《げきりん》に触れたらしく、レ＝ファリアが目を吊り上げ、烈火の視線でナムルスを突き刺した。

だが、フェロードはそんなレ＝ファリアを手で制し、ナムルスへ言葉を続けた。

「やれやれ、嫌われてしまったものだね」

「当たり前でしょ？　このクズ。言っておくけど、私を最初に裏切ったのは貴方《あなた》よ？」

ナムルスが唾棄するように言い捨てた。

「それでも……僕はまた三人で仲良くやっていきたいと思っている……昔のように」

「お断りだわ。貴方の歪《ゆが》んだ性根を知った今、そんなの死んでもごめんだわ。

今の私の主様《マスター》は、この世にただ一人。ただの人のまま、人らしく悩み苦しみながら歩み続け、人らしく理不尽に抗《あらが》う……唯一尊敬に値する人間！　グレンだけよ！」

「……姉様……ッ！　なんて酷《ひど》い……ッ！」

そんなレ＝ファリアの怒りを無視し、さらにナムルスが一方的に言い捨てる。

「それにね！　最早《もはや》、救いようのないバカ妹《レ＝ファリア》はとにかく、可愛《かわい》いもう一人の妹《ル＝ミア》を貴方みたいなクズ男にやるもんかっ！　──ル＝シルバッ！　やりなさい！」

そう叫んだ瞬間。

「うんっ！　準備できたよッ！」

ル＝シルバが力強く応じて、両手を床につけると。

彼女を中心に、床に凄まじい勢いでなんらかの魔術法陣が展開され──出現した光の輪がレ＝ファリアを拘束した。

「きゃっ⁉　何、これ⁉」

突然、動きを封じられ、悲鳴を上げるレ＝ファリア。

「……なっ⁉」

予想外の反撃に、微《かす》かに驚くフェロード。

そんな二人へ、ナムルスとル＝シルバが告げる。

「ねぇ？　貴方はどれだけ自分以外の者を見下して、バカにしているわけ？　貴方の前に出るというのに、私達がなんの対策もしてないわけないでしょう？」

「これは空《セリカ》の置き土産だよ！　こういう展開を見越して、彼女は私に様々な秘術を託したの……彼女が愛するグレンのために……ッ！」

そう叫んで、ル＝シルバがさらに魔力を高める。

「空《セリカ》だって？　あの彼女が、自分以外の誰かのためになにかをするなんて……彼女にとって、愚者《グレン》はそれほどの……？」

そんな風に目を瞬《しばたた》かせるフェロードへ、ナムルスが続けた。

「ところで。ねぇ、魔王。話は変わるんだけど……今、貴方、私を寝取ろうとしていたでしょう？」

「……ッ⁉」

「私とグレンの契約を強制的に破却し、自分と再契約して無理矢理、私の主《マスター》になろうとしてたでしょう？　ふん、気持ち悪！　だから嫌われるのよ！」

ナムルスの指摘通り、無言で押し黙るフェロードの指先には、なんらかの不穏な力を秘めた魔術法陣が効果を失い、消えつつあった。

「そんなことにかまけてるから、貴方ともあろう男が、こんな単純な罠《わな》に気付かなかった！　まぁ、せっかくだから、貴方に教えてあげるわ！　大切な人を寝取られる気持ちってやつをね！」

「はぁあああああああああああぁぁぁぁぁ――ッ！」

そうしている間に、ル＝シルバの魔力は高まって。

場に展開される魔術法陣の光は高まって、高まって、世界が白く染まって。

「な……ぁ……やめ、やめて……ッ！」

光の輪に拘束されるレ＝ファリアが、頭を抱えて悶《もだ》え苦しみ始めて――

「くっ……」

フェロードが慌てて何かをしようと、腕を振り上げるも。

「――遅いッ！」

それより半手早く、ル＝シルバの術が成るのであった。

そして――

――――。

ルヴァフォース聖暦1853年グラムの月31日。

リィエルの敗北から一夜が明けた。

本来ならば、1854年を迎える年越しの日。来たるべき新年に備え、都市内では様々な祝祭やパレードが行われ、盛大に賑《にぎ》わう日だ。

だが、当然、今のフェジテは不気味な静寂と不穏な空気に包まれている。

楽しげな空気など微塵《みじん》もない。

軍の兵士やフェジテ警邏《けいら》庁の警備官達が厳戒態勢で市内を警邏しているものの、最早、いつ市民達の感情が暴発してもおかしくない状況だ。

そんな危うげな街中を、アルベルトは一人、歩いていた。

(イヴのこの土壇場《どたんば》における作戦変更……それが吉と出るか、凶と出るか……)

現在、この作戦変更のため、帝国軍と魔術学院の教授陣が総出で、フェジテの各地で作業を行っている。

後戻りはできない。最早、賽《さい》は投げられたのだ。

(ならば、俺は俺の為《な》すべきことへ全霊で注力するのみ——)

そんなことを考えながら。

アルベルトは、フェジテ市内のとある目的地に向かって、足早に歩いていく。

すると……不意に、空から何者かが舞い降りてくる気配があった。

「……居た……ッ！　やっと……見つけた……ッ！」

アルベルトの背後に降り立った何者かは、噛《か》み付くように声を浴びせてくる。

アルベルトが振り返ると、そこには——ルナ＝フレアーがいた。

全身痛々しく血に汚れた包帯を巻き、荒い息を吐いている。辛《かろ》うじて二の足で立ってはいるものの、その膝はぶるぶると笑い、今にも倒れ込みそうだ。

だが、その目は相変わらず、地獄の釜の底のように煮《に》え滾《たぎ》っており、爛々《らんらん》と昏《くら》く輝く危険な眼光が、アルベルトを憎々しげに睨み付けている。

「お前か。何の用だ？」

「貴方……昨日はよくも、余計なことしてくれたわね……ッ!?」

ルナが息を荒らげながら、よろよろとアルベルトに向かって倒れ込むように近付く。

そして、アルベルトに寄りかかるように、その胸ぐらを掴《つか》み上げ、睨み付ける。

「はっ、何……？　ひょっとして、私を助けて恩でも着せるつもり……ッ!?　はぁ……はぁ……ッ！　冗談じゃないわ……ッ！」

「…………」

「フューネラル《パウエル》は……チェイスの仇《かたき》……私の獲物……ッ！　これは、私とあのクソ外道の問題なのッ！　関係ない部外者が、横から余計な手を出すな……ッ！　これ以上、余計なことするつもりなら……ここで貴方も殺してやるわ……ッ！」

そんなことを、訴えかけるように叫ぶルナに。

「成る程、復讐《ふくしゅう》か」

端的に纏《まと》めたアルベルトに、ルナがぴくりと反応した。

「お前とあの男の間に何があったかは与《あずか》り知らぬが……要するに、自分の復讐の邪魔をするな……そういうことだな？　フン、下らん」

「――ッ!?」

冷たく突き放すアルベルトに、ルナの目がさらに吊《つ》り上がる。

「俺は帝国軍人だ。お前の事情など知ったことか。そんな妄言を垂れ流すために、わざわざ仮設負傷兵収容所から抜け出してくるとは、呆れて物も言えん」

もう話は終わりだとばかりに。

アルベルトは、胸ぐらを掴んでくるルナの手をあっさり外し、踵《きびす》を返《かえ》す。

「収容所に帰って寝てろ。いくらお前が《戦天使》とはいえ、同格以上の相手の聖剣をあれだけ喰《く》らったのだ。そう簡単に、その傷は癒えん」

「…………ッ！」

「復讐に駆られる気持ちはわからんでもない。だが、愚かだ。そのような激情に振り回され、己を見失っているようでは、大事は何も成せん。頭を冷やすことだ」

そう冷たく言い捨てて。

アルベルトがそのまま立ち去ろうとすると。

「ふざけるな……貴方に……ッ！」

がり、とルナが歯噛《はが》みして。

やはり、アルベルトへよろめくように取《と》り縋《すが》り、睨《にら》み付《つ》け、吼《ほ》えた。

「貴方に、私の何がわかるっていうのよッッッ!?」

「…………」

「貴方みたいな安っぽい偽善者は皆、そう！　復讐は何も生まないとか、そんな在り来たりなヒューマニズムで、上から目線の説教ばかり……ッ！　糞《くそ》ッ食らえだわッッッ！」

「………………」

「私は……私の半身とも呼べる人を奪われたッッッ！　貴方にはわからないわよッ！　愛する人を奪われたことのない人になんか、私の心がわかるわけないッ！　だから、復讐は愚かだなんて、人の心を平気で踏みにじるような言葉が出てくるんだッッッ！」

「………………」

「幸福なぬるま湯で生きてきたようなやつが、知ったような口を利《き》くなッ！　私に指図すんな、反吐《へど》が出るわッッッ！」

「！」

「手出しなんかさせない……させるものか……ッ！　あいつは……フューネラルは、私の獲物なんだからッ！　私がこの手で殺してやるの……ッ！　今度、あいつの傍《そば》でウロチョロ余計なことしてみなさい……ッ！　貴方《あなた》も一緒に殺してやるわ……ッ！」

そう一方的に言い捨てて。ルナはアルベルトを突き飛ばす。

そして、壁に寄《よ》り縋りながら、そのまま、ふらふらと何処《どこ》かへ去っていくのであった。

「………………」

アルベルトは、しばらくの間、そんなルナを見送って。

「ふん。復讐は愚か、か……」

やがて、そう自虐するように呟《つぶや》く。

胸元に下げている銀十字の聖印を掴み——静かに黙祷《もくとう》しながら、誰かの名を唱えた。

「……アリア」

その呟きは、人知れず、静寂にかき消されていくのであった——


——。


その日、フェジテ中央大通りは大混乱の極みであった。

人。人。人。溢《あふ》れる人々が、皆同じ方向へ向かって不安げに歩いている。

本日、夜が明けるや否《いな》や、フェジテの帝国最終防衛軍総司令官、イヴ＝ディストーレ元帥が、緊急発令を出したのだ。

その内容は『とある指定区画に居住するフェジテ市民の、アルザーノ魔術学院敷地《しきち》内への強制退避命令』である。

なんでも『裏学院』と呼ばれる安全な場所へ避難させられるらしい。

戦火を避けるために疎開する者もいるが、大多数の市民はまだフェジテに残っている。

いかな広大な間取りを持つ『裏学院』といえど、そんな全フェジテ市民を収容する容量も、ましてや時間もない。

ゆえに、イヴが指定する特定区画の市民の避難だけが、帝国軍やフェジテ警邏庁の誘導で迅速に行われていった。

今、中央大通りは、こうして学院に避難する市民達でごった返している。

とはいえ、この突然の降って湧いたような話に、当然、市民は混乱するばかりだ。

「なんで俺達は避難させてくれないんだッ！」

「そうだ！　そんなの差別だぁあああ——ッ！」

避難指定されなかった区画の住人達が、街のあちこちで騒ぎを起こしている。

フェジテの警備官達は、このような人々の不満を抑えて宥《なだ》めるのに、朝から大忙しであった。

「やれやれ、イヴ゠イグナイト——いや、今は、ディストーレか。一体、何を考えているのか……」

フェジテ警邏庁警邏総監ロナウド゠マクスウェルは、そんな混沌《こんとん》の大通りの様子を見据えながら、ため息交じりにぼやいた。

猫の手も借りたい状況なので、警邏総監という警邏庁のトップといえど、今は現場で直接指揮を執らざるを得ない状況なのである。

『こちらB17隊、フェジテ中央区四番街から五番街、住民の避難完了致しました！』

『こちらF４隊、フェジテ北区三番街、現在、予定通り避難進行中です！　本日十四時までには、完了予定です！』

「うむ、ご苦労。引き続き頼む」

ロナウドは、宝石型の通信魔導器で各方面の部下達と連絡を取りながら、さらなる指示を飛ばしていく。

そして、ロナウドは、眼前の市民達を改めて流し見る。

大通りをごった返しながら学院方面へと歩いていく市民達は、その表情の端々に、どこか安堵《あんど》したような感情が見え隠れしているが……

（もし、フェジテが落ちて、魔術学院が壊されたら、『裏学院』からは脱出不可能となる……とは言えぬな、この状況……）

そして、この戦況下では、そうなる可能性はとてつもなく高い。

だから、そうおいそれと使えない、最終手段的な避難所だったのである。

そんな万が一の事態に備え、イヴも市民の避難場所としての『裏学院』の使用には当初から否定的だったのだが……昨夜の緊急会議から一転、これである。

だが。

あのイヴが、何がなんでもフェジテを救おうとしているのは、少しでも市民の被害を最小限にしようと努力しているのは……わかる。

（何があったか知らぬが、人は変われば変わるものだ……）

かつて『フェジテ最悪の三日間』にて、悪漢に襲われる少女を、自分勝手な都合で冷酷に見捨てようとしたイヴを思い返し、苦笑する。

と、その時だった。

人でごった返す大通りの向こうで。

ざわっ！　人々のどよめきと喧噪《けんそう》が、一際《ひときわ》強くなった。

どうやら、またトラブル発生らしい。

「やれやれ……フェジテ市民は他所《よそ》と比べて民度の高さで有名だが……こんな切羽詰まった緊急的な状況では、致し方なしか」

ため息を吐《つ》いて、ロナウドは周囲を見渡す。

すると、ポニーテールの女性警備官が一生懸命避難誘導を行っている姿が目に入った。

年若く見目麗《みめうるわ》しいその容姿。制服の徽章《きしょう》から察するに、彼女の階級は警邏《けいら》正だ。

そんなキャリア組エリートの若き女性警備官の名は……

「テレーズ君。ちょっといいかね？」

「なんだ⁉　本官は今、忙しい……って、こ、これは！　ロナウド警邏総監殿⁉」

その女性警備官テレーズ＝ウォーケンは、振り返って声の相手を認めるや否や姿勢を正し、ピシッと敬礼をした。

「す、すみません、無礼な真似《まね》を！　まさか、警邏総監殿とは露知らず……ッ！」

「良《い》いよ。それだけ職務に忠実だったのだろう。それよりも――」

ロナウドが、先ほどの騒ぎが上がった場所を見やる。

怒号は収まらず、どうも何か揉《も》めているらしい。

「あちらの方でトラブルがあったようだ。少し見てきてくれないか？　この場は、私が引き受けよう」

「はっ！　わかりました！　すぐに行って参ります！」

元気よく返事して、テレーズはトラブルのあった方へ、人混みをかき分けていくのであった。

テレーズが向かった先では。

「ふふんっ！　まったく太ぇ野郎ですぅ！　逃げ場所欲しさに、女子供に手を上げるなんて、男の風上にもおけませんですぅ！」

抜き身の仕込み杖《づえ》の細剣《レイピア》を肩に担《かつ》いだ、インバネスコートの娘がいた。透き通るような紅茶色の赤毛、ラピスラズリの瞳が特徴的な娘だ。

「う、ぐぐぐ……」

「い、痛ぇ……なんなんだ、この女……強ぇ……」

その娘の足元には大の男が二人、身悶《みもだ》えして蹲《うずくま》っている。頭や手足に手酷《てひど》い打撲痕。どうやらインバネスコートの少女に、手酷く峰打ちされたらしい。

そして、その向こう側には……

「だ、大丈夫⁉　お母さん！」

「私は大丈夫……ウルこそ平気……？」

揃《そろ》って灰色の髪と灰色の目が特徴的な、母娘《おやこ》らしい二人がいた。

怪我《けが》をしたらしい母が腕を押さえて蹲り、まだ幼さが残る風貌の娘が、そんな母を気遣っている。

と、そんな状況をテレーズが確認していると。

インバネスコートの娘が、テレーズに気付いた。

「おや？　フフン、そこの貴女《あなた》は、この世紀の天才魔導探偵がいなかったら、とんでもない大失態をやらかしていた無能警備官、テレーズさんじゃないですかぁ⁉」

テレーズは、そのインバネスコートの娘を知っている。

顔面のド真ん中に思わず拳を入れたくなるような、どや顔のその少女の名は――

「ロザリー＝デイテートォオオオオオオ――ッ⁉　何をした、貴様ぁああああああああああ⁉　とりあえず、確保ぉおおおおおおおおお――ッ⁉」

「え⁉　いや、ちょ――うぎゃあああああああああああ⁉」

テレーズに腕をねじり上げられて地面に引き倒され、インバネスコートの娘ロザリーは悲鳴を上げて悶えるのであった。


「……つまり、なんだ？」

一悶着《ひともんちゃく》あった後で。

テレーズは、他の警備官達に連行される二人の男を見送りながら、まとめた。

「あの避難区画外の男達が『裏学院』へ避難するため、そこのローラム親子の住民票を、襲って奪おうとしたところを、ロザリー、貴様が助けに入っただけ……と」

「そ、そうですよぉ！　この正義の魔導探偵が悪いことするわけないじゃないですか！」

「ふうん？　で？　なぜ、お前はここにいたのだ？　確か、お前の住所は避難指定区画とは違ったはずだが？」

「それはもう……どさくさに紛れて『裏学院』に忍び込もうかと……」

「確保」

「うきゃあああああああああ⁉　痛い痛い痛い痛いぃいいい⁉」

ジト目のテレーズが、再びロザリーの腕を捻《ひね》り上げていると。

「あ、あの……助けてくれて、どうもありがとうございました」

「なんか、素直に喜べないんだけど、まぁ、礼は言っておく」

ロザリーが助けた母娘……ユミス＝ローラムとウル＝ローラムが、おずおず礼を述べた。

「こちらの監督不行き届きで申し訳ありません。さぁ、早く学院の方へ」

職務を思い出したテレーズが、敬礼をして二人の移動を促す。

だが……

「ま、こんな状況じゃ、どうせ避難したって無駄だろうけど」

その幼さのわりに達観したウルが、どこか諦めきったようにぼやいた。

「こ、こら！　ウルったら！　……すみません、この子がとんだ無礼を……」

「良いのです。この有事に、我々警邏庁が頼りなくて本当に申し訳ない……」

　すると、頭を下げるテレーズに、ウルが言った。

「別に責めてないわ。《最後の鍵兵団《ウルティムス・クラーウィス》》だっけ？　あんなん、警備官や並の軍じゃ無理でしょ……はぁ～、こんな時、先生が……グレン先生がいてくれたらなぁ……」

　ウルのそんな言葉に。

「ん？　グレン先生……って、ひょっとして、グレン＝レーダスですか？」

　ロザリーが目をぱちくりさせて、ウルを見る。

「は？　そこのヘッポコ探偵、先生と知り合い？」

「ええ！　グレン先輩は、私の魔術学院生時代の先輩ですぅ！」

「……マジで？　はぁー、世間って狭いわね」

　呆《あき》れたようにため息を吐きながら、ウルは続けた。

「とにかく、今回、こんな危難に際して、つい思ってしまったのよ。あの時みたいに……グレン先生が、私達のことを颯爽《さっそう》と助けてくれないかなって。

……あはは、ちょっとロマンチストすぎたかしら。子供っぽいと笑えばいいわ」

「子供っぽいって……見た目の通り、貴女、紛れもなく子供なんですけど……」

　子供らしからぬシニカルな笑みを浮かべるウルに、ロザリーも呆れるしかない。

「先日、店にやって来た学院生徒から聞いたの……グレン先生は、この有事を前にフェジテを出て……どこかへ行っちゃったって……」

「……ウル……」

「やっぱり、逃げちゃったのかな……？　仕方ないよね……私達だって、逃げられるとこあったら逃げたいし……もう……先生に会えないのかな……？」

俯《うつむ》くウルの声に、どこか湿っぽいものが交じり始めた、その時だった。

「そんなこと、絶対、ありませんっ！」

ロザリーがウルに視線を合わせるように屈《かが》み込み、励ますように叫んだ。

「先輩は、ウルちゃんみたいな子を見捨てて逃げるようなことは、絶対しません！」

「……ッ⁉」

妙に自信に満ちたロザリーの言い草に、ウルが目を瞬《しばたた》かせる。

「この状況でフェジテを抜けたのが本当だとしても、何か理由と目的があるに決まってます！　それが終わったら、絶対に帰ってきますって！

なんかもう、計ったような絶好のタイミングでやって来て、美味《おい》しいとこ、全部かっさらっていくに決まってますって！　先輩は昔っからそういう人ですから！」

そう言って立ち上がり、ウルの背を促すように優しく叩《たた》いた。

「だから、ウルちゃんはお母さんと一緒に早く安全な場所へ！　ウルちゃんが安全な場所にいてくれないと、もし、先輩が帰ってきた時、全力出せませんからね！」

「ろ、ロザリー……」

「ふふ、娘を励ましてくれて、ありがとうございます、ロザリーさん」

「それほどでもありません！　さぁ、早く行きましょう！」

そう微笑《ほほえ》みあって。

ローラム親子は、ロザリーに促され、そのまま人の流れにそって歩き始めていく。

そんな三人を見送りながら……テレーズは思った。

「ふん。……グレン、か」

今まで、自分が担当した事件で何度か会ったことはある。

魔導探偵ロザリーの助手を名乗る、妙な男だ。

(我々警備官より、頼りにされているというのは癪《しゃく》な話ではあるが……それでも、こんな状況でも希望があるというのは良いことだ。

そのグレンという男は、それだけの器ということか……)

それに、あのローラム親子のような人々が希望を持てる状況を守ることこそ、警備官の務め。元より裏方の人間。ならば、その職務を全うするまで。

(私だって、このフェジテの警邏官だ。最後の最後まで、職務を全うする……このフェジテを守る……ッ！）

　そう決意を新たに。

　元の職務に戻ろうと、テレーズが歩き始めた……その時だった。

　不意に、気付いた。

「──ってぇ!? 貴様は避難指定区画外だろうが、ロザリー＝デイテートォオオオオオオオオオオオオオオオオオ──ッ！」

「──んげ!? 気付きやがったですぅ!?」

　テレーズは、ローラム親子と一緒にちゃっかり人混みに交ざろうとしていたロザリーを猛然と追いかけ始めるのであった──

「……私、どうして、ここにいるんだろう……？」

　とある家屋の屋根のへりに座り込みながら。

　眼下で展開されていたロザリー達のコントをぼんやりと眺めながら。

　その少女は、気のないぼやきを誰へともなく零《こぼ》していた。

　帝国宮廷魔導士団特務分室の礼服に身を包んだ少女だった。

　その炎のように真っ赤な髪と紫炎色の光彩の瞳は、現在、このフェジテ最終防衛軍の総司令官を務める娘にどこか雰囲気が似ている。

されど、髪は下ろしており……顔の左半分をすっかりと隠してしまっている。

時折、風が揺らす髪の隙間から覗《のぞ》くのは……顔の左半分に残る、見るも無惨《むざん》な火傷《やけど》痕。

だが、そんな目立つ風貌でありながら、道行く誰もがその少女の存在に気付かない。

当然だ。彼女はその卓越した幻術で、自身の存在認識をズラしているのだから。

こと、潜伏と隠形に徹すれば、誰もその少女を捉えることなどできはしない。

そんな少女の名は——元・帝国宮廷魔導士団特務分室、執行官ナンバー18《月》のイリア＝イルージュ。

まるで、燃え尽きた燃えさしのような雰囲気のイリアの姿がそこにあった。

「……だから、なんで私、ここにいるんだろう……？」

改めて、イリアは自問していた。

グレンという知った人の名が出てきたから、つい耳を傾けていたが……正直、どうでも良かった。

すぐに興味を失って、重苦しい曇り模様の空を仰ぐ。

かつてのイリア＝イルージュは、復讐《ふくしゅう》鬼だった。

彼女の最愛の姉リディアを殺した父、アゼル＝イグナイトを殺すため、アリエス＝イグナイトという名前と顔を捨て、イリア＝イルージュとして、アゼルに近付き、その膝下《しっか》に傅《かしず》く日々を送っていた。

そして、先のアゼルのクーデター事件《炎の一刻半》にて、イリアはついにその本懐を果たした。紆余曲折《うよきょくせつ》あったが、自らの手で父を殺すことに成功したのだ。

それと同時に——イリアの中で、何かが燃え尽きてしまった。

あれだけ、心の奥底で憤怒《ふんぬ》と憎悪《ぞうお》に仄暗《ほのぐら》く燃えていた炎が……熱が……今は欠片《かけら》も感じられない。

イリアの心は空っぽだった。気付けば、何も残っていないのだ。

アゼルをこの手にかけて以来、イリアの記憶は曖昧だ。あれから結構な日が経《た》っている筈《はず》だが、今までどう過ごしてきたのか、まるで覚えていない。

どこを彷徨《さまよ》って、どこで寝泊まりして、何を食べて、何を思って生きていたのか……さっぱり思い出せない。

ただ、ふとイリアが気付けば……こんな場所にいた。

帝国最後の砦《とりで》にて、滅亡と混乱の最前線——フェジテに。

「いくら、行くあてがないといっても、他にもっとマシな場所があるでしょうに……」

ため息すら出ない。

しかし、滅亡の最前線とはいえ、逆に言えば、今、この世界でもっとも人々の熱を感じられる場所でもある。

恐怖と絶望に嘆き噎《むせ》ぶ、無力な民草達。

滅びに面した国を背負い、一歩たりとも逃げず、苦難に立ち向かう気高き女王様。

その女王の信を受け、左遷された一士官から奇跡の躍進を果たし、今や帝国最終防衛軍の総司令官となった、雄々しき女将軍。

それでも尚《なお》、恐怖と絶望に尻込みする兵士や市民達を、その圧倒的な戦果で叱咤《しった》する一人の英雄少女。

まぁ、なんとも吟遊詩人、垂涎《すいぜん》もののシチュエーションではないか。

先日、件《くだん》の英雄少女が手痛い敗北を喫してしまったようだが、これを物語と見るなら、とても良《い》いアクセントだ。

きっと、後世の詩人達は、彼女達の戦いを後から有ることないこと脚色して、国家存亡に纏《まつ》わる悲劇の戯曲として、延々と歌い続けることだろう――

「……そんな場所で人生終えるのも……まぁ、悪くないかな」

そんな風にイリアがぼやく。

そう。彼女はもう、どうでも良かったのだ。どうでも。

（だって、私はもう満足しちゃった……私の全てだった姉さんは、もういない……あのクソ親父《おやじ》をぶっ殺して……私にはもう……何もない……）

しかし、それだけに疑問だった。

自分に何もないのなら……全てがもうどうでもいいというのなら……自分はなぜ、こんな場所に、わざわざやって来たのだろうか？

そこら辺で、適当に野垂れ死にしておけば良かったのに。

「…………」

建物の屋根の上に寝そべりながら、イリアがちらりと視線を動かす。

すると、遠くに広場があって、そこに帝国軍の将校達が集合している。

将校達の前で台に立ち、一人の女が何やら演説を行っている。

件の雄々しき女将軍様だ。

（イヴ＝イグナイト……ううん、今はディストーレだっけ？　私がイグナイト家から抹消された後、私の後釜でリディア姉さんの妹となった女……私の腹違いの姉妹……）

特に執着のある相手ではない。事実上、自分の立ち場を奪った存在ではあるが、別に彼女のせいじゃないし、興味もないし、どうでもいい。

ぼんやりと、イヴの姿を遠くから眺める。

当のイヴは、将校達の前で身振り手振りを交え、何やら熱く語っているようだ。

将校達は、最初イヴの言葉を戸惑いながら聞いているようであったが……やがて、イヴの語る言葉の熱に当てられたらしい。

その顔つきが皆、決意と覚悟に満ちた表情に変わっていき……遠くから見てもわかるくらい覇気と士気に満ちていき……やがて、手を振り上げて喊声《かんせい》を上げた。

「はぁ……熱い熱い」

イリアが小馬鹿にしたように、手をパタパタさせていた。

「皆、必死になって、熱くなっちゃって……馬鹿みたい……」

だが、そんな風に馬鹿にしつつも。

イリアは、イヴの姿から目を離せない。

なぜなら、あんな風に、必死に己の職務を果たそうとする姿は。己の責務と使命を全うしようとするその姿は。

どうしたって、イリアの最愛の姉リディアの姿に被《かぶ》る——……

「バカバカしい……似てて当然じゃない。半分は同じ血が流れているんだから……」

自嘲のようにぼやきながらも。

「ああ、どうでもいい……どうでもいいのに……」

結局、イリアは。

演説を終えて去っていくイヴの姿が見えなくなるまで、イヴの姿を目で追うことをやめることはできなかった。

なぜか、このフェジテを離れるという選択をすることはなかった。

――――。

時間は飛ぶように流れていく。

イヴの指示で、帝国軍はフェジテ各地で目まぐるしく作業を進めていく。

そして、あっという間に日は沈み――時分は深夜。

じきに日が変わり、帝国は新年を迎えようしていた。

「……ご苦労」

イヴが、最後の報告書を持って来た帝国軍士官へ、ねぎらいの言葉をかけた。

報告しに来た士官は、イヴに折り目正しく敬礼をし、そのまま退出する。

そこは、アルザーノ帝国魔術学院本館校舎大講義室に設けた、帝国軍総司令室。

今、この場所には、手を組んで机に向かうイヴ一人しかいない。

士官の気配が遠ざかると、しん、とした静寂が司令室を支配する。

そんな閑散とした寂しげな場所で、イヴが報告書を速読で確認する。

その内容に――

「みんな……本当によくやってくれたわ……」

不覚にも、イヴは目頭が熱くなる感覚を禁じ得なかった。

「これで、ようやく勝負になる……」

昨晩、イヴが急遽《きゅうきょ》大変更した、フェジテ最終防衛作戦。

自分で言うのもなんだが、それはコレまでの戦史や戦術の常識を、根底からひっくり返すような大暴挙だった。

ぶっちゃけ、もし自分が部下だったら、こんな馬鹿げた作戦を提案する司令官には、とてもじゃないがついていけない。その顔に辞表を叩《たた》き付ける。

もし自分が女王陛下だったら、こんな頭がいかれた司令官、速攻クビだ。

だけど、それしかない。

フェジテを守る道は……帝国が生き延びる道はそれしかないと、イヴは判断したのだ。

そして、そんなマトモとは思えない妄言を吐き散らすイヴを……みんなが信じた。

女王陛下が信じた。

帝国軍将校達が信じた。

特務分室の仲間達も、当然のように信じてくれた。

アルザーノ帝国魔術学院の有力魔術師達や生徒達、かつて、イヴがとてつもない無礼を働いたフェジテ警邏《けいら》庁の人達まで……信じてくれた。

そして、みんな全身全霊で協力し、イヴの無茶なオーダーをたった一日で仕上げたのだ。

さらに、最大の懸念《けねん》、エリエーテ対策も色々不安要素はあるが……実は立っていた。

先ほど、とある人物が、イヴの下を訪れたのだ。

その人物の言葉を信じるのであれば――否、今はもう、信じるしかない。

結局、エリエーテに対抗しうるのは、彼女しかいないのだから。

「………」

人事は尽くした。後は天命を待つのみ。

(総司令官冥利《みょうり》に尽きるわ。たとえ、勝とうが負けようが……悔いはない……)

無論、これだけのことを積んで、まだ勝利は那由多の果てにある。

0が、辛《かろ》うじて1になっただけに過ぎない。

(この盤面に、不安要素は未《いま》だ多い……というより不安要素しかない。盤石な部分なんてそれこそどこにもない)

エリエーテ＝ヘイヴン。

パウエル＝フューネ。

エレノア＝シャーレット。

そして、その他、天の智慧《ちえ》研究会に残存する、一騎当千の外道魔術師達。

敵戦力を考えれば、勝利という最終地点に至るまで、一体幾つの奇跡を起こせばいいのか、今から頭が痛くなってくる。

（だけど……何度も奇跡を起こしさえすれば、勝利に至れる絵図面だけは引いた……やるしかない……やるしかないのよ……ッ！）

ぐっと。

イヴは左腕の拳を握り固めながら、神妙な目でそれを見つめる。

だが、イヴがこれだけやって、これだけの物をフェジテに積み上げて、無数の奇跡を起こした果てに、辛うじて勝利を引き寄せたとしても――

（多分、それでも敵は……大導師は……きっと、私の思惑を上回る）

奇跡の勝利を、恐らくあの大導師は想像もつかない手段でひっくり返すのだろう。

それは、最早《もはや》、確信だった。

なにせ、大導師はこの盤面を何千年とかけて作り上げたのだ。

今さら、イヴの土壇場《どたんば》の小細工でどうこうなるものではない。

だから……イヴはほんの少しだけ、この盤面に〝魔法〟をかけたのだ。

(それが成るかはわからない。成ったところで、大導師に対抗できるかなんてわからないし……むしろ、対抗できない可能性の方が嫌になるほど高い。

それでも。その〝魔法〟のお陰で……私は最後まで希望を捨てずに戦える)

そう。

そもそも、この戦いの真の敵は、〝魔王〟。

〝魔王〟を倒す存在は。

〝魔王〟に抗し得る存在は。

そんなもの、大昔から相場が決まっているのだから。

こうして、夜は静かに更《ふ》けていく。

激動の年だった聖暦１８５３年は、幕を閉じる。

迎えるは、聖暦１８５４年ノヴァの月１日。

帝国の存亡をかけた、記念すべき新年初日の幕が上がるのであった——……

幕間《まくあい》2　愚者の影

——夜。
押し寄せる。押し寄せる。押し寄せる。
大量の〝死〟が押し寄せる。
山を越え、峠を越え、森を越え、平原を越え。
全てを呑《の》み込み、舐《な》め尽《つ》くすように——押し寄せる。
この世界の全てを、血臭と死臭で塗り尽くさんとばかりに押し寄せる、大量の死者の群
——《最後の鍵兵団《ウルティムス・クラーウィス》》本隊。
暗い地表を満面なく覆う、蠢《うごめ》く汚泥《おでい》のような穢《けが》れ全てが、屍人《ゾンビ》の行軍。
切り立った崖の上から、フェジテ方面へと南下する死者達の洪水を、見下ろしながら。
「………」
エレノア＝シャーレットは、ただ一人沈黙をしていた。
その脳裏に浮かぶは、先日の記憶だ。

エレノアは、とある任務についていた。

それは、アルザーノ帝国女王アリシア七世の実の娘にして、ルミア＝ティンジェルの実姉……レニリア＝イェル＝ケル＝アルザーノ王女殿下の身柄の確保だ。

《空の天使》レ＝ファリアとして完成した、ルミア＝ティンジェル。

レニリア王女は、そんなルミアの重要な代替品《スペア》なのだ。

無論、レ＝ファリアの魂は、レニリアの中にはない。

だが、《全ての母》たるローザリア王女アルテナの血を、現代に伝えるアルザーノ帝国王家の若き肉体には、とてつもない魔術的価値がある。

万が一の事態に至った時、彼女の肉体さえあれば――

それは、あらゆる事態を一片の隙もなく想定する大導師にとっての大きな〝保険〟だ。

これまでは、天の智慧研究会はマッチポンプで帝国を裏から操っていたがゆえに、レニリアに手を出すことはできなかった。正統な第一王女たる彼女に手を出せば、帝国の国家運営が傾きかねないからだ。

だが、時はすでに満ちた。犀《さい》は投げられた。

『最後の鍵《ラスト・オーダー》』計画が発動した以上、もう関係ない。

計画通り、エレノアは動いた。

《最後の鍵兵団《ウルティムス・クラーウィス》》に蹂躙《じゅうりん》され、都市機能を失った帝都オルランドにて、レニリア王女の身柄の確保に向かった。

必要なのは肉体だけ。レニリア王女の生死は問わない。

むしろ、死霊術師であるエレノアにとっては、レニリア王女が死んでいてくれた方が、確保が容易《たやす》かった。死霊術《ネクロマンシー》で呼べばいいだけだからだ。

だが——そんなエレノアの前に、予定外な者達が立ちはだかった。

システィーナの両親——フィーベル夫妻。

そして、この帝都動乱の最中、魔導拘置所から脱したらしいヒューイ＝ルイセン。

この大混乱の最中、一体どういう経緯で協力関係になったかは与《あずか》り知らぬが、彼らはレニリア王女と合流し、生き残りをかけて死者の坩堝《るつぼ》と化した帝都からの脱出を、しぶとく試みたのだ。

当然、エレノアはそれを阻止しようと動いた。

だが、いつも天の智慧研究会の綿密なる計画と陰謀を、土壇場の土壇場で潰し回るあの憎たらしい《愚者》のように、レナードはエレノアを出し抜き続けた。

だが、それでも、エレノアはついに、レナード達を追い詰めた。

帝都のとある寺院で、ヒューイが構築した簡易転移法陣を使って帝都から脱出しようとするレナード達を、あと一歩のところまで追い詰めたのだ。

だが――

「~~~~~~。

「くっ……まだ……かね!? ヒューイ君……ッ!」

レナードが左小指に嵌《は》めた緑の宝石の指輪から嵐の壁を発生させ、密集陣形《ファランクス》で押し寄せる死者の群を押し止《とど》めている。

際限なく折り重なる死者達の圧力は圧倒的で，少しでも魔力を緩めれば、一気に押し破られ、雪崩《なだ》れ込まれてしまうだろう。

もう他の指に嵌めた指輪は壊れている。使用限界を超えてしまったのだ。

「げほっ……ごほっ……す、すみません……まだ……です……」

「貴方《あなた》……あと少し……もう、少し……なのですが……」

ヒューイとフィリアナが、血反吐《ちへど》を吐きながら転移法陣を構築している。

己の領分を超えたハイペースで構築していたため、二人ともマナ欠乏症だ。完全枯渇《こかつ》がもう目と鼻の先まで迫っている。

「に、ニーナさん……しっかり……しっかりしてください……ッ！」

「……う、ぐ……不甲斐《ふがい》なくて……ごめん……」

肩と足に激しい負傷を受けて立てなくなったニーナを、医者の卵であるネージュが必死に介抱している。

レナードと共に戦線を支え続けていたニーナも、とっくに限界を超えていた。

無理もない、彼女はそもそも商人であって軍人ではない。

素人《しろうと》がここまで粘れただけでも賞讃《しょうさん》に値することだ。

「ああ……み、皆さん……」

そして、そんな一同を、レニリアは痛ましい表情で見守るしかない。

そんな中、最後の砦《とりで》であったレナードが、突然、血を吐いた。

「──ごふっ⁉」

「つ、ついに来たか……ッ！　拙いな……」

レナードも枯渇だ。マナ欠乏症である。

途端、嵐の壁の出力がみるみるうちに下がっていき……

それに呼応するように、大量に折り重なる死者の前軍が、ゆっくりと一同との距離を詰めていく——

「くっ……すまぬ、フィリアナ……こんなことに付き合わせて……すまぬ、愛《いと》しい娘達……父はもうお前達に会えそうに……ない……」

「あっははははははは！　ようやく詰《チエックメイト》み、ですわ！」

エレノアが哄笑《こうしょう》する。

最後の最後まで、さんざっぱら手を煩わせてくれたが、ついに終わりだ。

レナード達は押し寄せる死者の軍勢によって、バラバラに引き裂かれ……エレノアは大導師の下命通りに、レニリア王女を確保するのだ。

（大導師様……私、貴方が作り出す新世界の一助になることができましたか……？　いえ……まだまだ、これからですわね……これでようやく……）

そんな風に。

エレノアが勝利を確信し、その美酒の味に酔いしれていた——その時だった。

がっしゃあああああああああああああああんっ！

不意に天井のステンドグラスが割れ砕け、硝子《ガラス》の欠片《かけら》がエレノアの頭上に降り注ぐ。

「な──ッ⁉」

「させぬ──ッ！」

降り注ぐ硝子の破片と共に──何者かが舞い降りてくる。

その両手に二刀の細剣《レイピア》を持ち、エレノアに向かって真っ直《ます》ぐ舞い降りてくる。

その人物は、エレノアを間合いに捉えるや否《いな》や、まるで鬼神のごとく二刀の細剣《レイピア》を振るいまくった。

翻《ひるがえ》る無数の斬閃《ざんせん》。

ごっ！　衝撃が、その寺院内を震わせる。

凄《すさ》まじい剣圧が発生し──その一角が渦を巻いて吹き飛んだ。

バラバラになった死者達の破片が、びしゃあ！　と四方八方に飛び散った。

「く──ッ⁉」

その人物のあまりの気迫と迫力に、エレノアは自身が不死身であることも忘れ、咄嗟《とっさ》に身を引いて、その二刀の剣圧から逃れる。歯噛《はが》みする。

未《いま》だ止《や》まず渦巻き続ける剣圧の嵐の中──死者を吹き飛ばして空けた空間に、その人物は悠然と背を向けて佇《たたず》んでいる。その身に纏《まと》う、盾と翼の紋様をあしらった陣羽織《じんばおり》が、ばさばさと激しく風にはためいていた。

「相変わらず、小賢《こざか》しい腐肉漁《あさ》りをしているようだな、エレノア＝シャーレットよ」

「……な、何者……ッ!?」

敵か、味方か。

突如、その場に割って入った謎の人物に、レナード達も目を瞬《しばたた》かせている。

「名乗るほどの者ではない。が、義によりて此処《ここ》に馳《は》せ参《さん》じた」

その謎の人物が――エレノアに向かって悠然と振り向いた。

「あ、貴方は――ッ!?」

その人物の顔を見た瞬間、エレノアは目を剥《む》いた。

忘れるわけはない。

やや白髪交じりの頭に髭《ひげ》、衰えぬ鋭い眼光。いかにも古強者《ふるつわもの》然としたその佇まい。

かつて、アルザーノ帝国魔術学院の魔術競技祭で、エレノアがネックレスの呪殺具を使って女王を人質に取り、手玉に取ったその男の名は――

「王室親衛隊総隊長――《双紫電》のゼーロス＝ドラグハートッ!?」

「元、だ。下郎め」

剣で斬り付けるように鋭くエレノアを睨《にら》み付《つ》けながら、ゼーロスは双剣を構えた。

「レニリア王女殿下ッ！　よくぞご無事でッ！」

「ぜ、ゼーロス様……来てくれたのですか……ッ⁉」

王室親衛隊とは、王家直属のエリート護衛隊。

ゆえに、幼い頃から顔見知りのレニリアが、ぱぁっと表情を明るくした。

そして、ゼーロスはそんなレニリアに大音声《だいおんじょう》で答える。

「然《しか》りッ！　許され難《がた》き大罪の我が身に、勿体《もったい》なき恩赦を賜りし女王陛下への大恩に、今こそ報いるがためッ！　今一度、我が命を正しく燃やし尽くさんと欲《ほっ》するがゆえにッ！」

そして、ちらりと周囲のレナード達を一瞥《いちべつ》し、やはり大音声で言い放つ。

「そして、この場に集いし勇者達よ！　これまでよくぞレニリア王女殿下をお守りしてくださったッ！　心からの謝意を表すッ！　この女の相手は、私に任せよッッッ！」

「……貴公ッ⁉」

その時、レナードは気付く。

このゼーロスという男……ここに至るため、今までどれほどの戦いを繰り広げてきたのだろうか？　たった一人で、どれだけ帝都を駆け回ってきたのだろうか？

今にも死にそうなほど、全身がボロボロだ。

だが、それでも滾《たぎ》る使命感と忠誠心を全身に漲《みなぎ》らせ、鬼神のような存在感でその場を完全に制していた。

「うぉおおおおおおおおおおおおおおおお——ッ！」

ゼーロスが二刀の細剣を振る度に、旋風が巻き起こり、死者の群が紙屑《かみくず》のように蹴散らされていく。

「……ふっ、どなたか知らぬが熱い！　負けてられぬな……ッ！」

そして、レナードも使い物にならなくなった最後の指輪を捨て、気迫で呪文を唱える。

「《吼《ほ》えよ炎獅子《えんじし》》ッ！」

炸裂《さくれつ》火球の爆炎と爆圧が、やはり死者の群の一角を吹き飛ばす。

最後の力を振り絞り、レナードはゼーロスと共に、死者の群を押し返し始めるのであった——

「くっ……ゼーロス……ッ！　なぜ、貴方がここに……ッ!?」

負けじと、エレノアも追加の死者を洪水のように召喚する。

死者がさらなる災禍の大洪水となって、世界を埋め尽くすように押し寄せる。

「貴方は、先の失態で王室親衛隊を除隊され……失意の内に酒浸りの生活を送っていたはず……ッ！」

だが、それを鬼神のごとき剣捌《さば》きで押し返しながら、ゼーロスが叫んだ。

「貴様にはわからぬよ、エレノア＝シャーレット！」

「……ッ⁉」

「大罪を犯し、恥を晒《さら》し、私は己が人生をかけて積み上げたものを全て失った！　すでにこれ以上失う物はなく、このまま愛する帝都と潔《いさぎよ》く運命を共にするのも一興だとは思っていたッ！　死人の手にかかるくらいならば、自刃《じじん》して果てようともッ！」

　ゼーロスが二刀を振るう。振るう。振るう。

　押し返され、蹴散らされ、死者の破片が激しく爆《は》ぜて、空を舞う――

「だが、全てを諦観し、終わらせようとした時……ある男の目が、どうしても脳裏にちらつくのだ……ッ！」

「――ッ⁉」

「あの時――ありとあらゆる逆境の中、勝てぬと敵《かな》わぬと知って、私に挑んできたあの男――諦めるでも切り捨てるでもなく、真の意味で女王陛下を、あの少女《ルミア》を、最後まで救おうと足掻《あが》いたあの男――グレン＝レーダスッ！

　私が決定的な過《あやま》ちを犯す前に、身を挺《てい》して止めてくれた、あの男の目が……この窮地において、私を見ているッ！　あの目が、未だ私の魂を捉えて離さぬのだッッ！」

「「「――――ッ⁉」」」

　グレン＝レーダスという名前が出た瞬間、その場の誰もが目を見開く。

それに構わず、ゼーロスが獅子《しし》奮迅の剣捌きを続けながら、叫ぶ。

「この帝都の危難に際し、諦観に身を任せて朽ちて消えていくだけでは——この私すら救ってくれたあの若者に申し訳が立たぬッ！　恥ずかしくて顔向けできぬッ！

この私には、まだ為《な》すべき事が残されているッ！

我は王室親衛隊ッ！　たとえ、その肩書きや栄光を失おうとも、その心は常に王家と共に在りッ！　魂までは凋落《ちょうらく》せずッ！

ゆえに、私はその責務を全うするッ！　この命燃え尽き果てるまでッッ！」

「ぜ、ゼーロス様……ありがとう、ございます……貴方《あなた》こそ真の忠臣です……」

レニリアがはらはらと涙を流しながら、奮闘するゼーロスの背を見つめる。

「ちっ、何がなんだかよくわからんが……このままだと、なんかあの小憎たらしい教師に負けた気分で嫌だな……ッ！」

「うふふ。ではでは、もう一踏ん張りですね、貴方♪」

すると、レナードもフィリアナも。

「ネージュさん。お願い、ここの傷口を縛って！　そうすれば、まだ動けるからッ！」

「ニーナさん!?　は、はいっ！　わかりました……ッ！」

ニーナとネージュも。

「動け……動け、僕の指……ッ！　たとえ死んでも……この法陣だけは完成させてみせる……ッ！　もう僕は、自分で何も選択せずに後悔はしない……ッ！」

もっとも酷《ひど》いマナ欠乏症に苛《さいな》まれていたヒューイすらも。

今まで疲れ切り、死に体だった連中が、まるでゾンビのように復活していく。

生への希望を漲らせ、活力を取り戻していく。

「な、なぜ……ッ⁉」

さらに大量の死者達を召喚しながら、エレノアが歯噛みする。

「この者達……なぜ、あの男の名前が出ただけで、こうも……ッ⁉」

わからない。理解できない。

連中は全員、死にかけ。

だが──なぜか押し切れない。

いくらエレノアが死者の群を追加召喚し、物量で押し潰そうとしても。

レナードが、フィリアナが、ニーナが、ゼーロスが。

不可解な底力を発揮して、エレノアの攻勢を全て、はね除《の》ける。

押し切ることができない。まるで悪い夢でも見ているかのようだ。

「この死に損ない達……レニリア王女は大導師様の悲願達成に必要なぁ……ッ！　おのれ

……おのれぇ……おのれぇぇぇぇぇぇぇぇぇぇぇぇぇぇぇぇぇぇぇ――ッ！」

苛立《いらだ》ちと怨嗟《えんさ》をまき散らしながら、エレノアはさらに死者を召喚して。

そして――


〜〜〜〜。


「結局、全員に逃げられた、と」

不意に背中にかかった声に、エレノアは過去を彷徨《さまよ》っていた意識を帰還させる。

振り返れば……そこには、いつの間にか、パウエルの姿があった。

「珍しいですなぁ。貴女《あなた》ともあろう御方が、この大一番で斯様《かよう》な失態を演ずるなど」

「パウエル様……本当に申し訳ございません」

エレノアが悔恨の表情で頭を下げた。

「なんの申し開きもございません……私は……」

「良《い》いのですよ、エレノア殿」

だが、パウエルはその好々爺然《こうこうや》とした表情を微塵《みじん》も崩さず、労《いたわ》るように言った。

「元より貴女の役割は、私が準備した《最後の鍵兵団《ウルティムス・クラーウィス》》を、その卓越した死霊術《ネクロマンシー》でフェジテまで導くこと。ルミア＝ティンジェルの代替品《スペア》の確保は物のついで。そうだったでしょう？」

「ですが……」

「何、全ては大導師様の描いた脚本通り。貴女が気に病む必要などありません。貴女はこのまま、貴女自身《じしん》の役割を全うすれば良し──……

〝主は、我らがために血を流し賜《たま》う、ゆえにただ、黙してるだけで良き〟」

そうパウエルが穏やかに聖書の一節を告げた……その時だった。

『あはは、そうか、そっちもか。これはちょっと想定外……かな？』

パウエルとエレノアの前に、薄ぼんやりと光る幻影の人影が現れる。

民族的紋様が刺繍《ししゅう》されたローブを纏《まと》う銀髪の美少年──フェロード＝ベリフ。天の智《ち》慧《え》研究会の最高指導者にして、古代から蘇《よみがえ》りし魔王──《大導師》だ。

「だ、大導師様……ッ！」

「おや。幻影とはいえ、計画の途中で我らの前に姿を現すとは。ふむ……何か、トラブルでもございましたかな？」

『ああ。ちょっとね。先刻、ルミア＝ティンジェル……いや、我が愛《いと》しき《空の天使》レ＝ファリアの確保に失敗しちゃってね』

「……ッ⁉」

そう楽しげに戯《おど》けて言うフェロードに、エレノアが目を剝《む》く。

「無論、完全に失敗というわけではないけどね。ただ、予定から大きくズレた」

「ほう？　『タウムの天文神殿』で一体、何がありましたかな？」

興味深げに首を傾《かし》げるパウエルへ、幻影のフェロードが続ける。

『グレン＝レーダス、システィーナ＝フィーベル、ルミア＝ティンジェルの三人が、空《セリカ》の行方を追って、件《くだん》の大天象儀装置《プラネタリウム》──時空間転移装置の下までやって来た。その隙を狙って、ルミア＝ティンジェルを確保しようと、上手《うま》く仕掛けたんだけどね』

フェロードが肩を竦《すく》める。

『そこへ計ったように現れた、ラ＝ティリカとル＝シルバにしてやられたよ。

特に、ル＝シルバ……彼女は厄介だ。

彼女が古竜の化身というのもあるが、僕がルミアを確保するあの展開を想定して、空《セリカ》は、ル＝シルバに色々と切り札を持たせていたらしい。

ル＝シルバは隙を突いて、ルミアの魂から《空の天使》レ＝ファリアの魂だけを、その肉体から切り離したんだ』

「ほう？　そんなことが？　なんとも恐ろしく高等な心霊手術式ですなぁ」

『肉体から切り離された生身の魂は、そのままだとすぐに摂理の円環に呑《の》み込まれてしまうからね。僕はレ＝ファリアの魂の保護を優先して、その場から退いたけど……まぁ、アレだね。はるばる数千年越しに届いた、空《セリカ》の置き土産というやつだね』

「ほっほっほ……なるほど。腐っても『正義の魔法使い』というわけですなぁ」

からから、とおかしそうに笑うパウエル。

「しかし……ということは、つまり我らが計画には、なんの支障もございませぬな」

『ああ、そうだね。魂だけといえど、僕の数千年越しの予定通り、《空の天使》レ＝ファリアは再生し、再び僕の手に戻ったんだ。

欲を言えば、この世界で、彼女が《空の天使》としての権能を完全に振るうために必要な器……《全ての母》アルテナの血を引く肉体も欲しかったんだけどね』

「……そ、それは……申し訳ございません……ッ！」

エレノアが悔恨の表情で頭を下げる。

そのアルテナの血を引く身体《からだ》、それがまさにルミアの姉だったのだ。ルミアと年齢の近い若い身体こそが、こういう万が一の事態に備えて必要だったのだ。

邪神達の外宇宙と、この世界は位相次元が違う。ゆえに、その権能をこの世界で行使するには、それを仲介するインターフェイス……魂の器たる肉体が必要なのだ。

適合する肉体がなければ、外宇宙の邪神は大きく力を制限される。今はナムルスと名乗るラ＝ティリカが、その力の大部分を制限されているのと同じ理屈だ。

それだというのに——

『ははは、エレノア。本当に気にしなくていいってば』

失態に震えるエレノアを気遣うように、フェロードは言った。

『確かに、できればレ＝ファリアをルミア＝ティンジェルの肉体ごと確保するのがベストだったし、レニリア王女の身体があればベターだった。

でも……本当に必要なのは、遥《はる》か悠久の時を経て完全修復が完了した、レ＝ファリアの魂なんだ。この確保に成功している以上、計画にはなんの支障もないのだから』

「ええ、まったくですね」

パウエルも頷《うなず》く。

「しかし、空《セリカ》も愚かでございますなぁ。どうせならば、ルミア＝ティンジェルの存在そのものを滅殺する術式でも持たせれば、彼女ごと《空の天使》を始末することができたかもしれませぬのに。わざわざ切り離すくらいなら、それくらい簡単に……」

『ははは、そうだね。でも、考えても無駄さ。結局、空《セリカ》の考えていることなんて、僕は何一つ理解できなかったんだから』

フェロードとパウエルが、笑い合う。

『というわけで、だ。僕達のこれからの手筈《てはず》に予定変更はなし。ほら、みんなも集まってきたことだし』

「「「…………」」」

見れば、エレノアやパウエル達の背後に、無数の外道魔術師達が現れていた。

天の智慧研究会に在籍する、高位階魔術師達だ。

この度の『最後の鍵《ラスト・オーダー》』計画実行に至り、国中からこの地に結集したのである。

「懐《なつ》かしい顔が勢揃《せいぞろ》いでございますな」

パウエルが感無量そうに言う。

「しかし、随分と減りました……まったく、狂える『正義』も無粋な真似《まね》を」

『まぁ、そういうこともあるさ。それでも、これだけの戦力があれば問題なし』

「ええ、そうでございますな。となると、これからその動きを要注意せねばならない、敵陣営の人物は……」

『ル＝シルバ、ただ一人だね。彼女だけは空《セリカ》からどんな隠し球を持たされているかわからない。でも、それ以外はいてもいなくても関係ないさ。全て僕の掌《てのひら》の上を出ない。もし、この時代で僕らの真の狙いに気付く者がいたとしても、僕はそれすら想定している。もうどうしようもない。この時代の人間と魔術ではどうにもならないのだから』

そして。

大導師フェロードは、その場に集いし一同を振り返り、高らかに宣言するのであった。

『みんな、今日この時までよく頑張った！

ついに、僕の数千年に渡る悲願が……みんなの夢が叶《かな》う時が来た！

僕達が大いなる天の智慧に至るその時が、真理をその手にする時が来たんだ！

さぁ、最後の戦いだ！

みんな、力を貸して欲しい！　この僕に力を貸して欲しい！　そうすれば、僕は君達を天なる高みへと導こう！　約束の地へと連れていこう！　いざ――』

「「「天なる智慧に栄光あれ！」」」

…………。

計画の成功と大いなる栄光を確信している外道魔術師達を尻目に。

「…………」

彼らを尻目に、エレノアはその時、言いしれぬ不安に襲われていた。

決して、大導師フェロードを信頼していないわけではない。

大導師が間違うはずがないし、大導師が数千年かけて積み上げた計画は、今さらこの時代の人間が足掻《あが》いたところで、どうこうなるものでもない。

そんなの当たり前だ。疑う余地の欠片《かけら》もない。

なのに——なぜか一抹の不安が、エレノアの心の中で微か一滴生まれ、それが毒のように滲《にじ》んで広がっていくのを感じていた。

(思えば……私のレニリア王女の確保の失敗……)

アレはなぜ、失敗したのだろうか？

あの地獄の帝都、あの絶望的な状況下で、どうしてレナード達は、ああも折れずに足掻き続けたのだろうか？　都合良くゼーロスが駆けつけたのだろうか？

(それに……大導師様のレ＝ファリア様の確保が霊魂だけに終わったこと……)

なぜ、失敗にされてしまったのだろうか？

ル＝シルバに妨害されたからとは言うが……どうしてあの孤高の白銀竜が、そこまで人間に、あのグレンに肩入れしたのだろうか？

ル＝シルバは、セリカの魔術的な下僕であるらしい。だから、セリカの命令でグレンを助けた……筋は通っている。だが、本当に、ただそれだけの話なのだろうか？

エレノアには、何もかもわからないが。

ただ一つ、わかることがある。

（グレン＝レーダス……）

そう、全ての予定非調和の裏側に、その男の存在が様々な形でちらついている。

彼が、あらゆる者の行動原理に影響を与え、それが計画遂行を妨げている……そんな気がしてならないのだ。

（馬鹿な……そんなはずは……）

以前、『社交舞踏会』で接触したことがあるからわかる。

グレン＝レーダスは、あくまで三流魔術師だ。歴史の大いなる流れの趨勢《すうせい》に関われるような器じゃない。歴史の分水嶺《ぶんすいれい》を分かつような人物ではない。

アリシア七世のような、人を纏《まと》めて導くカリスマ性もなければ。

イヴ＝イグナイトのような、天才軍略家でもない。

アルベルト＝フレイザーのような、最強の魔導士でもなければ。

リィエル＝レイフォードのような、英雄でもない。

当然、ジャティス＝ロウファンのような、何をしでかすかまったく読めない、最凶最悪のトリックスターでもない。

グレンは、道端の雑草のような、取るに足らない小物なのだ。

だと言うのに──……

（大導師様は……これから、もっとも警戒すべき相手は、ル＝シルバと仰《おっしゃ》られましたが……）

本当にそうなのだろうか？

むしろ、本当にその動きを警戒しなければならないのは──……

（いえ、そんなはずはない……ありえない……ッ！　大導師様に間違いなんてあるはずがない……判断を疑うなど、あってはならない……ッ！

私は信じるのみ……ッ！　大導師様がその悲願を達成され、この私をお救いなさる、その時を待ち望むのみ……ッ！　ただそれだけ……ッ！）

エレノア＝シャーレットには悲願がある。

このエレノア＝シャーレットの原初を形作る記憶——

思い返せば——脳裏にこびりついているのは、地獄の光景。

今も夢に見ては吐きそうになる、とある地下拷問室の悍《おぞ》ましき風景。

延々と耳に残る、女達の泣き叫ぶ声。断末魔。苦悶《くもん》の絶叫。許しを請《こ》う掠《かす》れ声。

昼夜ひっきりなしに響き渡る鞭《むち》の音、肉の焦げる臭い、骨を断つ音、血臭と腐臭。

絶望。悲鳴。絶望。号泣。絶望。絶叫。絶望。絶望。絶望。絶望。

それはただの、純粋で純然たる絶望。

だが、圧倒的で絶対的な絶望。どうしようもない、掛け値なしの理不尽。

逃げ場はない。死ぬことすら許されない。

そもそも——死んだくらいで逃げられるなら、どれだけ幸せなことか。

そんな地獄という言葉すら生温《なまぬる》い地獄の中で。

あの時、私は無限に近いほど長い長い時間、その絶望と理不尽に徹底的に押し潰され、蹂躙《じゅうりん》され、犯され、尊厳を踏みにじられ、完膚なきまでに〝死んだ〟のだ——……

…………。

「如何《いかが》されましたかな？　エレノア殿」

パウエルに声をかけられ、エレノアがはっと我に返る。

「……いえ、なんでもございませんわ」

その一瞬で、全ての疑問や不安を心の片隅に押し込んで。

エレノアは典雅に微笑《ほほえ》んだ。

「いよいよでございますわね。来たる新世界の到来に、私の胸も高鳴っておりますわ」

「ほっほっほ、良いことでございますな。思えば、貴女《あなた》も苦労をなされました。私は、貴女のような御方《おかた》こそ救われ、幸福になるべきだと思うのですよ」

「私など、そんな。ただ……私は大導師様に誠心誠意、お仕えするのみ」

そう言って。

エレノアは、穏やかに微笑むのであった。

「天なる智慧《ちえ》に……栄光あれ」

────。

第三章　命の限り

時代は変わり――今より遥《はる》か過去、聖暦前4000年にて。

魔将星《鉄騎剛将》アセロ＝イエロを撃破したグレン。

そして、それを機に巻き起こる動乱と混沌《こんとん》の渦中《かちゅう》、魔都メルガリウスにて――

「私、イーヴァです！　イーヴァ＝イグナイト、イ、イグナイトっていいますッ！」

《嘆きの塔》を目指して駆け出すグレンの背中へ、とある赤い髪の少女が叫ぶ。

「いつか……また、いつか、貴方《あなた》と会えますかっ⁉」

今のグレンには振り返る暇も、立ち止まる暇もない。

構わず、そのまま走り去っていくが――

「……会えるさ」

グレンは小さく口元を緩めながら、ぼそりと呟《つぶや》くのであった――

赤い髪の少女と別れた後。

蜂起した民衆と、支配階級層の魔術師達がぶつかり合う混沌の坩堝《るつぼ》の中。

グレンは、ひたすら《嘆きの塔》へ向かって魔都を駆け抜け……到達。

天を衝《つ》く巨大な四角錐《かくすい》状建造物である《嘆きの塔》。

その頂点入り口部を目指し、その側面部に設けられている、長い長い上り階段を、ひたすら駆け上っていく。

駆け上る都度、空が近くなり、地が遠ざかる。

グレンが視線をつと向ければ、眼下に広がるは嵐のような戦火の光景――

「そういえば……そろそろだよな」

ぼそりと呟くグレンに、ナムルスが応じる。

「何が？」

「そろそろ、フェジテで《最後の鍵兵団《ウルティムス・クラーウィス》》との本格的な戦いが始まるってことだよ」

すると、ナムルスが呆《あき》れたようにため息を吐く。

「あのね。あの時代とこの時代は、そもそも時間軸が違うのよ？　〝そろそろ〟なんていう言葉はナンセンスだわ」

「わ、わかってらぁ！　自分でも変だなって思ってるし⁉」

ふて腐れたように言い捨て、グレンはそのまま階段を駆け上り続ける。

しばらく、ナムルスはそんなグレンの横顔を無言で見つめて。

何かを気遣うように、そう問う。

「……心配？」

すると、グレンもしばし沈黙を保って。

やがて、口元に薄く笑みを浮かべ、言った。

「心配してねえと言えば嘘《うそ》になるが……大丈夫だ」

「…………」

「俺の仲間達や生徒達は、どいつもこいつもアホみてーに強えし」

アルベルト、リィエルを筆頭に。

グレンの脳裏に、次々と浮かんでいく頼もしい連中の姿。

そして——

「何より……だ」

その時、グレンの脳裏に最後に浮かんだのは。

なぜか、先ほど別れた赤い髪の少女と。

その少女の、遥か彼方《かなた》の向こう側に見える——とある女の姿。

「あいつもいるからな」

「そう」

それきり、ナムルスはもう何も言わず。

二人は《嘆きの塔》の頂点を目指し、ひたすら階段を駆け上っていくのであった——

——。

——。

——。


——聖暦1854年ノヴァの月1日。

年が明け、夜が明ける。

夜の帳《とばり》が、徐々に地平の彼方まで引いていく。

本日は、血生臭い戦場に似つかわしくない、雲一つない青天のようだ——

「……いよいよね」

イヴは、そんな夜明けを、アルザーノ帝国魔術学院本館校舎屋上で仰いでいた。

現在、帝国軍本陣は、この魔術学院敷地《しきち》内に据えられている。

イヴの周囲には、頭上には、魔術によって投射されるフェジテ周辺・各地の映像窓。

それらをちらりと流し見ながら、イヴは宣言した。

「フェジテ最終防衛軍全部隊・全分隊へ通達。戦術フェイズ1、状況開始」

「「「了解！」」」

イヴの号令と共に、周囲の士官達が慌ただしく動き始めた――


フェジテ城壁、防衛エリアA。

都市を囲むように高く聳《そび》え立《た》つその城壁上の空間に、緊張に満ちた面持ちで帝国軍兵士達が整列しており……そして、その誰もが、それを目の当《まあ》たりにした。

「……ぉ、おおお、おおおおお……ッ⁉」

動揺と不安、恐怖が、帝国軍兵士達の心を支配していく。

見晴らしと見通しの良い城壁上から、遠く見える地平線。

それを全て埋め尽くすかのように。押し寄せる津波のように。

《最後の鍵兵団《ウルティムス・クラーウィス》》本隊が、彼らの前に姿を現していたのだ。

本隊といっても、それは軍隊構成論の根底を問いたくなるような馬鹿げた光景だ。

それは最早《もはや》、隊も軍もない。

それはただ、腐肉の大海である。

海のような死者の群が、地平の果てを埋め尽くすように、波打ちながら迫ってくる。

ゆっくりと、確実に押し寄せてくる。

今までの散発的な攻勢とはわけが違う。このフェジテを潰さんとする絶対の意志――敵の〝本気〟が見える大軍勢。

「……勝ち目なんて……あるのか……？」

誰かの呟きは、城壁を守る兵士達全員の胸中の代弁だ。

「……大丈夫だ……イヴ元帥を信じろ……」

また、そんな誰かの呟きに呼応するように。

その場の誰もが、持ち場を放棄して逃げ出したくなる弱気をねじ伏せ、その場に踏《ふ》み止《とど》まり続けるのであった――

――――。

「さて……そろそろですかな？」

「ええ」

フェジテへ向かう《最後の鍵兵団《ウルティムス・クラーウィス》》を眺めながら。

パウエルとエレノアが言葉を交わしている。

「そろそろ、仕掛けてくる頃合いでしょう」

そう、このように各方面から進軍し、敵拠点へ強大な圧力をかければ……敵の次なる一手は決まっている。

帝国最終防衛軍は、戦術級――A級軍用魔術を、まず間違いなく準備している。

その戦術儀式魔術を起動し、《最後の鍵兵団《ウルティムス・クラーウィス》》のド真ん中に撃ち込めば、その身震いするほどの大破壊力で、相当数の死者の群を消し飛ばすことができる。

《最後の鍵兵団《ウルティムス・クラーウィス》》を削って、今後の籠城《ろうじょう》防衛戦を有利に進めることができる。

このように、開戦と同時にA級軍用魔術を敵陣・敵拠点を撃ち込むのは、近代の魔術戦争におけるセオリー中のセオリーだが……

「予定通り、ですな」

「ええ、予定通りです」

パウエルとエレノアがなんの焦《あせ》りもなく、悠然とそう言った。

「むしろ、こちらとしてはA級軍用魔術で、ある程度、《最後の鍵兵団《ウルティムス・クラーウィス》》を仕留めてくれた方が、実に都合が良い」

「そうですね……もう、すでに〝祭壇〟の範囲内、ですからね……」

「実に愚かなことです。活路を見出《みいだ》すため、涙ぐましい努力で戦術儀式魔術の準備を万全に備えたのでしょうが……それが己の首を絞める羽目になるとは露知らず……」

そう言って。

パウエルは、やはり穏やかに好々爺然《こうこうや》と笑うのであった。

「さぁ……一体なんの儀式魔術が来ますかな？

定番、星降る炎と鉄の災禍――召喚儀【サモン・メテオスウォーム】ですかな？

あるいは真紅の焦熱煉獄《れんごく》――黒魔儀《くろま》【レッドクリムゾン・パーガトリィ】。

それとも少し意表を突いて、吹き抜ける極寒の氷結地獄――黒魔儀【エタニティ・エルコキュートス】でしょうか？」

「…………」

そんなパウエルの、まるでルーレットの番号にベットしているかのような言を、エレノアはただ黙って聞き流し、眼前の戦場を見つめるのであった。

――。

――一方、その頃。

帝国軍本陣が構えられた、魔術学院本館校舎屋上。

そこに立つイヴが、光の魔術で頭上に投射されたフェジテ周辺各地の戦場映像を見上げながら、静かに佇《たたず》んでいる。

そして――その周囲では。

「元帥！　敵第一陣、第一戦術距離まで侵攻！」

「このままの戦速侵攻を許せば、あと三十分ほどで、このフェジテ城壁区画エリアA、エリアB、エリアCに到達します！」

「じきに危険域《ボーダー》に到達。これ以上の引きつけは限界かと思われます！」

モノリス型魔導演算器《マギ・ピューター》や通信などの各種魔導装置と向き合う多くの魔導士官達が、次々と各戦区からの状況報告を上げる。

「来たわね」

ふう、と。イヴは自分を落ち着かせるように息を吐いた。

「頃合いよ……クリストフ、行ける？」

「はい、いつでも」

イヴの傍《かたわ》らに控えていたクリストフが頷《うなず》いた。

屋上から見下ろせば、学院の中庭には巨大な儀式魔術法陣が敷設《ふせつ》されており、それを取り囲むように並ぶ大勢の魔導兵達が、すでに呪文を同調《シンクロ》詠唱し始めている。

法陣には大量の魔力が駆動して漲《みなぎ》り、力を解き放つその時を、今か今かと待ち構えている。

そんな抜かりない様子を確認し、イヴは左手を上げた。

「行くわ……女王陛下より帝国軍全権を受諾する帝国軍元帥にて、帝国最終防衛軍総司令官、イヴ＝ディストーレの名において権能代行、起動承認ッ！」

「了解、起動承認ッ！」

「戦術儀式魔術、コードα！　第一から第十法陣同時展開全解放！　即時起動ッ！」

「「「はっ！　コードα！　起動ッッッ！」」」

イヴの号令、クリストフの合図。儀式魔導兵達の復唱。

そして――儀式魔導兵達が、一斉に起動する鍵呪文を唱えて。

「目標戦場全域《ターゲット・オールレンジ》ッ！　撃て《フォイア》――ッ！」

カッ！

学院の中庭に描かれた巨大な魔術法陣が、凄《すさ》まじい光を上げ始める。
次の瞬間、遥《はる》か天空に向かって、法陣は一筋の光を打ち上げる。
打ち上げられた光は、空の彼方《かなた》まで突き刺さって……弾《はじ》けて、消える。
そして、それに呼応するように……雲一つない大空に、雲が生まれた。
灰色の重たい雲だ。
生まれた雲は、フェジテの上空を中心に、みるみるうちに広がっていく。
広がって……広がって……まるで際限など知らぬとばかりに広がっていって――
やがて、迫り来る《最後の鍵兵団《ウルティムス・クラーウィス》》の頭上をも大きく越えて広がって――
三百六十度全方位、地平の彼方まで、分厚く重たい雲が広がりきった。
先ほどまでの青天がまるで嘘《うそ》のよう。
今や、遥か天空は頭上にのし掛かるような暗雲に満たされ、天蓋のようだ。
明けたばかりなのに、辺りはまるで夜のように薄暗い。
猛烈な強風が不穏に吹《ふ》き荒《すさ》び始める。最悪の悪天候だ。
そして。
まるで空が泣き始めたかのように。
これ以上、耐えきれなくなったかのように。

ぽつん。
雨が……降り始めて。
ぽつん、ぽつん……
次第に、その雨足を強めていって……
ザァアアアアアアアアアアアア――……
やがて、嘶《いなな》く稲光と共に、激しい雨が一帯を支配するのであった――
――。

たかが、雨。
風は出ているが、特段、嵐と呼べるほどでもなく。
そもそも視界の悪さは、死者の軍勢には関係がない。むしろ、有利に働く。
別に、《最後の鍵兵団《ウルティムス・クラーウィス》》の侵攻を妨げるなんの妨害にもなっていない。
だが。

だというのに。

パウエルとエレノアは——驚愕《きょうがく》に硬直していた。

「ほう……なんと、これは……」

「そんな、嘘ですわッ！　聖儀【ピュリファイドレイン・サンクチュアリ】!?　どうして、こんな術を、この状況で持ってくるのですか……ッ!?」

——。


ザァザァザァ——……

激しく音を立てて降りしきる雨を一身に浴びながら。

イヴは頭上の投射映像越しに《最後の鍵兵団《ウルティムス・クラーウィス》》を眺めながら、ほくそ笑んだ。

「ふん……どう？　確かに、この術に戦況を左右する攻撃的威力はまったくないわ。でも……困るでしょう？　貴方達、天の智慧研究会にとってはね——」

そして。

その一時、イヴは思い返す。

一昨日の深夜に行われた作戦会議のことを——

〜〜〜〜。

「イヴ元帥ッ！　貴女《あなた》はご乱心かッッッ⁉」

新しい作戦を発表したイヴに、将校達の罵倒が殺到した。

「一体、何を考えていらっしゃるッ⁉」

「よりにもよって、どうして、そんなッ⁉」

「その術を使用することに、なんの意味があるのだッ⁉」

「それは、今まで貴女の指示で、散々苦労して構築したA級軍用魔術の儀式を崩し、そのリソースを割いてまでやることかッッッ⁉」

そんな紛糾を当然、予想していたイヴは、机を激しく叩《たた》いて一喝する。

「黙りなさいッッッ！　質問がある者は順に挙手ッ！」

しん……

その迫力と威厳に、将校達が一気に押し黙る。

「怒鳴ってごめんなさい。貴方《あなた》達の気持ちもわかるわ。まるで、今まで入念に準備したテーブルをひっくり返すような行為だしね。

でも、作戦は変更する。今まで構築準備した戦術級儀式魔術を破棄し、先ほど指定した儀式魔術を急遽《きゅうきょ》、再編する。

その術名は聖儀【ピュリファイドレイン・サンクチュアリ】。これは元帥命令よ！」

「な……」

それでも納得いかない、年配の将校の一人が呻《うめ》くように呟《つぶや》いた。

「なぜだ……なぜ、そんな戦場ではなんの役にも立たない術を……？　知っているのか……聖儀【ピュリファイドレイン・サンクチュアリ】は……戦後処理術なんだぞ……？」

その将校の呟きは。

その場に集う、ほとんどの帝国軍将校達の胸中の代弁だ。

聖儀【ピュリファイドレイン・サンクチュアリ】。

その大仰な名前とは裏腹に、その術にはなんの攻撃能力もない。

たとえば、大勢の人間同士が凄絶に殺し合う戦場では、様々な負の感情、血と死、命が咆哮《ほうこう》し、散華《さんげ》する。

多くが激しい感情と共に死ぬため、その命や魂が土地に縛られて〝穢《けが》れ〟や〝呪い〟となり、そんな戦場跡地は、後に様々な霊障の原因となる。

そういった穢れた土地を清め、再利用可能な状態へ戻すのが、聖儀【ピュリファイドレイン・サンクチュアリ】……そう、文字通りの戦後処理術なのである。

つまり、戦争中に使う必要など一切ない術なのだ。

「この術の必要性については、後で説明するわ。それには、敵——《天の智慧《ちえ》研究会》の今回の最終攻勢の真の目的を共有する必要がある」

「敵の……目的……？」

「そんなの……我らがアルザーノ帝国を滅ぼし、手中に入れることじゃないのか……？」

「普通に考えれば、そうね。でも……まずは、この男の話を聞いて。アルザーノ帝国魔術学院、魔導考古学教授フォーゼル＝ルフォイよ」

イヴが指を鳴らすと。

「僕の魔導考古学研究内容を語って良いと聞いてッ！」

ばぁんっ！

興奮気味のフォーゼルが、会議室の扉を蹴破って入ってくる。

そして、呆気《あっけ》に取《と》られる一同の前で壇上に立ち、壁のボード一面に貼られた重要な戦術資料や報告書を、べりべりばりばりーっ！　と片端から勝手に剥がして破り捨てる。

頬を引きつらせる一同（さすがにイヴ含む）の前で。

フォーゼルは、自分で持ってきた各種資料をべたべたと貼り付け、さらにはテーブルの上で、整然と駒の並んでいた戦術戦況図のド真ん中に、大量の参考書籍を叩き付《つ》け、がしゃん！　と何もかもを台無しにするのであった。

そして、フォーゼルは、場に渦巻く憤怒《ふんぬ》をガン無視し、蕩々《とうとう》と語り始める——

「話は全て聞かせてもらったッ！　結論から言えば、この状況は、魔導考古学史上で有名な、とある状況に非常に酷似しているッ！

それは——ずばり、【聖杯の儀式】だッ！　今のフェジテの状況は、童話『メルガリウスの魔法使い』の中でも語られる魔王が、かつて、魔都メルガリウス——つまり旧フェジテで行おうとしていた禁断の儀式に酷似しているわけだッッッ！

この【聖杯の儀式】は『メルガリウスの魔法使い』作中でも最大の謎で——我々魔導考古学者の間では、〝禁忌の真理《アカシックレコード》〟に至るためのものだとするのが最有力だッッッ！

それは、つまり禁忌教典だよ！

魔王は【聖杯の儀式】を行う事で、禁忌教典《アカシックレコード》を手に入れようとしており、それが、かの魔王が賢王から墜《お》ちた最大の理由であり、そもそも、大前提として話は変わるが——」

——中略——中略——中略——

「──つまり！　以上のような記録文献と各種遺物からの考察により、これまで先人達が数々行った霊脈《レイ・ライン》調査結果から、魔都メルガリウスそのものが！　あるいはこの国そのものが！　その禁忌教典《アカシックレコード》に至るために作られた、超巨大な儀式祭壇装置だったと推察できるわけだッ！　この祭壇の上で命を奪うことによって、それは供物《くもつ》として捧《ささ》げられるッ！　つまり──このフェジテが落ちれば、大量の供物が【聖杯の儀式】に捧げられることになるのだッッッ！　古代文明最大の謎が解けるんだよッ！　謎がッッッ！

かつて、正義の魔法使いによって達成を妨害された、あの【聖杯の儀式】がなぁ⁉　件《くだん》の儀式が成功した時、一体何が起きるのか⁉　禁忌教典《アカシックレコード》とは一体なんなのか……ッ⁉　くっ！　先生に、生徒達を守ると約束したが破りたくなってきた！　一体何が起きるのか、一魔導考古学研究者として最後まで見届けてみたいッッッ！

よぉし、お前達ッ！　もうフェジテを守るの止《や》めろッッッ！　このまま──うわなんだこらやめろ離せッッッ⁉　まだ話は終わってないぞぉおおおおぉぉぉぉ──」

イヴの合図で憲兵に引《ひ》き摺《ず》られていくフォーゼルを尻目に。

イヴは、嘆息して話を続ける。

「……えー、纏《まと》めると。敵の狙いはこのフェジテを落として、帝国を滅亡させることそのものじゃない。

かつて、『正義の魔法使い』によって、完成寸前までいった【聖杯の儀式】の再開とその完遂。これこそ天の智慧研究会の……大導師の真の狙いよ」

ざわめく将校達の前で、イヴは続けた。

「魔都メルガリウス……それそのものが巨大な儀式祭壇。この上に大量の命を捧げることによって、【聖杯の儀式】は完成する。

その魔都メルガリウスの在った場所だけど……古代文明当時は、現在のフェジテよりも何倍も大きかったらしいわね。見なさい」

イヴがフォーゼルの残していった資料を参考に、かつて魔都メルガリウスのあった場所を地図上にぐるりと線引きしていく。

「こ、これは……」

途端、その場の一同が目を向いた。

なんとそれは、当然フェジテを中心に、今まで散発的に仕掛けてきた死者の軍勢を迎え撃った戦場——×印がついている場所——と、そして、今回の最後の戦いの予定戦場地を、全てぐるりと取り囲むような配置であった。

偶然というには、余りにもできすぎた構図である。

「そう。私達はずっと、【聖杯の儀式】の祭壇上で戦わされてきたの。悪戯《いたずら》に、死者の軍団を撃破し、こちらも血を流し、【聖杯の儀式】に余計な命と血を捧げ続けてきた。

なぜ、敵が死霊術《ネクロマンシー》で死者の軍勢をはるばる運んできたかわかるでしょう？

吸血鬼《ヴァンパイア》や食屍鬼《グール》のような負の生命力で生きる〝不死者〟達とは違って、死霊術《ネクロマンシー》で使役される死者は、身体《からだ》は死んでも、正の生命力がその死んだ身体に固着されている。

つまり――【聖杯の儀式】の供物になる……質は悪いだろうけど」

「「「……ッ⁉」」」

「要するに。この祭壇の範囲内で、帝国軍が供物――《最後の鍵兵団《ウルティムス・クラーウィス》》と激突してくれる限り、敵味方にいくら被害が出ようが出まいが、どうでもいい。

《最後の鍵兵団《ウルティムス・クラーウィス》》は、フェジテの市民同様、祭壇に捧げるための供物だから。件の禁忌教典《アカシックレコード》を得るための供物だから。

当時の魔都の人口資料を見るに、今のフェジテ市民だけでは到底足りないから、死霊術《ネクロマンシー》でわざわざ、隣国のレザリア王国から大量に引っ張ってきたってわけ。

だから、あんな非効率で意味不明な差し手を、ずっと繰り返し続けてきた」

「そ、そんな馬鹿な話……ただのこじつけや偶然ではないのか……？」

「私も、そうだったらどんなに良かったと思ったか」

イヴが嘆息する。

「でも……天の智慧研究会の最高指導者【大導師《ヘヴン》】の正体が、古代魔法文明を牛耳っていた魔王……というのはもう皆、知っての通りよね？

だったら、様々な符合が一致しすぎているこの状況は、偶然じゃない。

なら、敵の狙いは【聖杯の儀式】……諸状況から、もうそれしかないのよ！」

ざわ、ざわ、ざわ……将校達が動揺に揺れに揺れる。

なぜなら、イヴの言葉が真《まこと》だとするなら――

「そ、そんな……それでは、この戦、勝っても負けても同じではないか……ッ⁉」

判明した敵の真の目的に、さらなる絶望が将校達を襲っていた。

この戦いは、どうしたってフェジテとその周辺が戦場になることに変わりない。

つまり、敵味方問わず大量の命が祭壇に捧げられてしまう。

そうすれば、【聖杯の儀式】が完成し、大導師が禁忌教典《アカシックレコード》を手にする。

禁忌教典《アカシックレコード》とやらが一体この世界に何をもたらすのかはわからないが……ただ一つ確実なことは、古代魔法文明を死と恐怖と絶望で支配したという実在の魔王が、天の智慧研究会などを作ってまで、数千年かけて手に入れようとしている代物だということだ。

ロクなことにならないのは、火を見るより明らかだ。

古代魔法文明のように、再びこの世界の頂点に魔王が君臨し、支配するのか。

あるいは、もっと酷《ひど》いことになるのか。

つまり——勝っても、負けても、同じ。

希望なんて何一つない。最初から、すでに詰んでいる盤面だったのである。

誰しもがそう悟り、絶望に俯《うつむ》いていると。

「そうでもないわ」

イヴがあっさりと言った。

「むしろ、敵の目的が〝フェジテを攻め落として、帝国を完全に滅ぼす、支配する〟……そうじゃないところに活路がある」

「そ、それは……どういう……？」

「聖儀【ピュリファイドレイン・サンクチュアリ】」

イヴの答えに、一同が、はっと息を呑《の》む。

「連中の使う魔術が、いかに人知の及ばぬ高度なものか知らないけど……それが魔術である以上、根本的な機構や仕組みは、そう大きく変わるわけがないわ。

もし、フェジテという土地が、その上で死した命や魂を集積して、機能を発揮するなんらかの儀式祭壇だとするなら。

そんな広範囲を、魔王は一個人の生命集積魔術式だけでカバーしきれると思う？　いくらなんでもできるわけないわ。

これは、技量うんぬんの話じゃない。魔王の魔術技量が高度だからこそ、もっとも効率の良い集積機構が採用されていて然《しか》るべき。

つまり……何かを中間媒介にして、生命の集積を行うはず。そうに決まってる。

で、この類いの超広範囲結界儀式を行う際、必ずと言っていいほど利用する定番の媒介があるわよね？　はい、結界魔術の権威たるフラウル家のクリストフ君、どうぞ」

「……土地の霊脈《レイ・ライン》、ですね」

イヴに急に話を振られて、苦笑いするクリストフ。

「元々、フェジテの地は、その地下に通う活性霊脈《レイ・ライン》が豊富なことで有名ですから。魔術学院が建てられた理由もそれですし……ひょっとしたら、かつて魔都が建てられた理由も、まったく同じかもしれませんね」

「然り」

我が意を得たりとイヴが続ける。

「敵が、どんな魔術式をこのフェジテ周辺の霊脈《レイ・ライン》に仕掛けているかは、もう分析している暇はないし、そもそも巧妙に魔術隠蔽しているだろうから、正体を摑《つか》ませてもくれないだろうし、今からそこに介入や細工するのは不可能よ。

だけど、少なくとも、霊脈《レイ・ライン》を使っているのだけは間違いないわ。

だとしたら——あらゆる死した命や魂が、肉体から解放されて、その霊脈《レイ・ライン》に吸収される前に……さっさと浄化してしまえばいいだけでしょう？」

「「「「——ッ⁉」」」」

一同が、はっとする。

だからこその聖儀【ピュリファイドレイン・サンクチュアリ】なのだ。

最初から予定戦域全てに【ピュリファイドレイン・サンクチュアリ】を展開しておけば、霊脈《レイ・ライン》に命が吸収されるより、浄化されてしまう方が確実に早い。

まさに聖水漬けで戦っているようなものなのだ。

命が地面に流れて、霊脈《レイ・ライン》を通って吸収される暇など、あろうはずもない。

「【聖杯の儀式】は、遥《はる》か太古——古代魔法文明時代に、魔王が作り上げたもの。

つまり、間違いなく土地の霊脈《レイ・ライン》の方に仕掛けがあり、《最後の鍵兵団《ウルティムス・クラーウィス》》の方に仕掛けがないのは明白よ。ならば、その隙を突けばいい。

はっきり言って、敵の目的が単に〝フェジテを攻め落として帝国を完全に滅ぼす〟だったら、こんな術、まったく意味がないし、そもそも〝詰み〟だわ。

だけど、敵の目的が〝フェジテという祭壇上で戦争を起こして、【聖杯の儀式】を発動させる〟……なら、話が大きく変わってくる。

恐らく、開戦と同時に、私達が聖儀【ピュリファイドレイン・サンクチュアリ】を発動させたら、敵軍はきっと――……」

～～～。


「と、止まった……？」

雨に打たれながら、城壁上に詰めている帝国軍兵士達が、その信じられない光景に目を剝《む》いた。

「敵の……《最後の鍵兵団《ウルティムス・クラーウィス》》の侵攻が止まったぞぉおおおおお⁉」

ざわめく兵士達。

そう、自分達の目と鼻の先で。

《最後の鍵兵団《ウルティムス・クラーウィス》》は、一斉にその足を止めたのであった。

「イヴ元帥の預言通りだ……ッ！」

「死者達が、足を止めた……ッ！」

――――。

「そう。まずは一旦、足を止めざるを得ないでしょうね」

イヴが投射映像越しに戦況を流し見ながら、不敵に笑みを浮かべた。

「今は、祭壇の上で戦争を起こしても、命を全然儀式に捧《ささ》げられない状況。

そんな中、進軍して帝国軍と激突しても、せっかくわざわざレザリア王国からはるばる運び入れた供物《くもつ》が、全部無駄になるだけ。

じゃあ、今は激突したくない。……足を止めるしかないわよね？

そして、この状況では接敵即死のエリエーテも動かせない。……そうよね？」

そうほくそ笑んで。

「クソ喰《く》らえ、だわ！」

イヴが、ばっ！　と手を振った。

「二の矢、行くわよ！　戦術儀式魔術、コードβッ！　起動準備開始ッッ！」

「「「はっ！」」」

イヴの号令に従い、周囲の魔導将校達が慌ただしく動き始めた――

――――。

「くっ……」

エレノアが、頭上に展開した《最後の鍵兵団《ウルティムス・クラーウィス》》の制御法陣から、死者達へ命令を送りながら、歯噛《はが》みする。

「なるほど、なるほど……確かに一旦、我々は歩みを止めるしかありませんなぁ」

パウエルがそんな戦場の様子を見て、カラカラと笑った。

「何せ、今、仕掛けても、なんの意味もありませんからなぁ」

「そうですね。今は待つしかありません」

エレノアが苦々しく言った。

「ええ。この彼我の戦力差がある状況下で、帝国軍が城壁から打って出てくるようなことは有り得ない。

そして、聖儀【ピュリファイドレイン・サンクチュアリ】……この術を、この規模で展開するなど、それほど長く保《も》つわけがありません。

精々長くても一日……二十四時間程度でしょうか？　それでこの術は止まる。

我々は、この忌々《いまいま》しい術の持続が尽きた後、改めて攻勢を仕掛ければ――……」

そんな風に、エレノアが努めて冷静に言った……その時だった。

天をどよもし、地を震わす、凄《すさ》まじき轟音《ごうおん》。

世界を白熱させる、閃光《せんこう》。

屍肉《しにく》の海たる《最後の鍵兵団《ウルティムス・クラーウィス》》の一角に、遥か天空より雨雲を貫いて、一条の極太の稲妻が降り注ぎ——大炸裂《さくれつ》するのであった。

地を塗らす雨水は、その壮絶な電圧を容易に通電し、その一角は死者達が焼け焦げ、爆《は》ぜ散り、阿鼻叫喚《あびきょうかん》の地獄絵図となって爆破四散した。

「なぁ……ッ⁉　この術は……ッ⁉」

轟《とどろ》く落雷音によって、半ば聴力が麻痺《まひ》する中、エレノアが叫ぶ。

「ここで、戦術A級軍用魔術——黒魔儀《くろま》【ストライク・ジャッジメント】ッ⁉　なんなんですか、そのふざけた選択はぁあああああ——ッ⁉」

————。

「驚いているかしら？　ええ、そうね。通常、こんな状況下で、黒魔儀【ストライク・ジャッジメント】は……ない。なぜなら、この術は攻城魔術だから」

イヴがほくそ笑む。

軍事行動時、複雑な手順と工数を踏んで起動する魔術儀式、戦術A級軍用魔術には、定番の魔術がいくつか存在する。

戦域に隕石《いんせき》を雨霰《あめあられ》と降り落とす——召喚儀【サモン・メテオスウォーム】。

戦域を圧倒的な炎で舐《な》め尽《つ》くす——黒魔儀【レッドクリムゾン・パーガトリィ】。

戦域を壮絶な凍気で凍《い》てつかせる——黒魔儀【エタニティ・エルコキュートス】。

それぞれ利点と欠点があるが、その共通点は、どの術も〝非常に広範囲を攻撃できる、面制圧用の対軍魔術〟という点である。

一方、黒魔儀【ストライク・ジャッジメント】は、同じく戦術A級軍用魔術であるが、他のものと比べて、その準備の容易《たやす》さとコストの低さの代わりに効果範囲が狭い。

先述の三種の魔術を〝面制圧〟だとするなら、【ストライク・ジャッジメント】は、ほぼ〝点制圧〟でしかない。

つまり、特に堅牢《けんろう》な敵拠点や主力精鋭部隊……そういったピンポイントを狙って爆撃する、攻城魔術なのである。

あのような大軍相手に撃ち込むような術では決してない。

「だけど、この状況に限り意味がある。その理由は三つ。

一つ、先に展開した雨のお陰で通電し、比較的広範囲を攻撃できること。

二つ、元々準備していた戦術A級軍用魔術を崩し合わせて、超広範囲の【ピュリファイドレイン・サンクチュアリ】を展開した状況下、比較的、コストの軽い【ストライク・ジャッジメント】は、残りのリソースで容易に準備できること。

そして、三つ――

この【ストライク・ジャッジメント】は――カ、ウ、ン、ト、ダ、ウ、ン、よ」

そう言い捨てて、イヴが不敵な笑みを浮かべる。

戦況を、冷静に投射映像越しに見極める。

「あの馬鹿《フォーゼル》の話によれば……古代魔法文明当時の魔王ですら、【聖杯の儀式】の供物を、何百年もかけて人口を増やして準備したそうじゃない？

今だからわかるけど、天の智慧《ちえ》研究会が、アルザーノ帝国とレザリア王国との間に戦争を起こそうとしていた理由……【聖杯の儀式】の供物に利用しようとしたのよね？

確かに、レザリア王国が帝国へ戦争をしかけるなら……まぁ、軍略上、フェジテ辺りが戦争の最前線になるでしょうし。

で、その予定を、ジャティスに見事ご破算にされたから、仕方なく《最後の鍵兵団《ウルティムス・クラーウィス》》ってわけ。本当に、何重にも予防線が張ってあって嫌らしいこと。

でもね、これだけはわかる。《最後の鍵兵団《ウルティムス・クラーウィス》》は、元々、貴方達《あなた》が予定していたベストのシナリオルートじゃない。

つまり……それほど、供物の数に余裕のある作戦だとは思えない。

不味《まず》いわよね？　こんな状況で《最後の鍵兵団《ウルティムス・クラーウィス》》を無駄に消耗させられるのは？

果たして、死者の数に余裕はどのくらいあるのかしら？

私の見立てでは……そうね。仮に、アルザーノ帝国とレザリア王国が泥沼の総力戦を、フェジテを主戦場に行ったとして……それらを全て件《くだん》の《信仰兵器》が吹き飛ばしたと仮定して……〝質〟の悪い死者とは違う、生身の人間の生命の〝質〟の差も考慮して……発生するだろう犠牲者数の予測値から逆算すれば……

それに、ある程度の余裕を持たせて、【聖杯の儀式】実行に必要だと思われる命の数を計算すれば……十発。

【ストライク・ジャッジメント】を十発ほど撃ち込んで、《最後の鍵兵団《ウルティムス・クラーウィス》》を無駄消費させれば、貴方達の目的なんて、木っ端微塵《こばみじん》に打ち砕かれるんじゃないかしら？」

そうして。

その時、イヴの背後で、円陣を組む魔導士官達が手を上げて合図を送る。

イヴはそれを受け、戦況を眺めつつ言った。

「さて、天の智慧研究会……貴方達、何を余裕ぶっているのかしら？　まだ、わからないの？　今、追い詰めているのは、貴方達じゃないわ。帝国軍よ？」

そして、イヴが儀式魔術起動《スタートアップ》の合図の左手を、さっ！　と上げるのであった──

──。

雷閃《らいせん》、轟音ッッッ！

再び、【ストライク・ジャッジメント】の壮絶なる稲妻が、《最後の鍵兵団《ウルティムス・クラーウィス》》の一角を容赦なく吹き飛ばした。

無数の死者達が凄まじい威力の稲妻に焼かれて、蒸発していく。

その被害は《最後の鍵兵団《ウルティムス・クラーウィス》》の全体規模からすれば、微々たるものだが──

「……く」

エレノアがどこか焦《あせ》りの表情を浮かべ、歯ぎしりしていた。

（まずい……このまま、進軍の足を止めたまま、【ストライク・ジャッジメント】の鴨《かも》撃ちを受け続けるのは……まずい……ッ！）

エレノアは、自身が支配使役する死者達の情報を霊絡《パス》を通して収集する。

【ストライク・ジャッジメント】一撃で、《最後の鍵兵団《ウルティムス・クラーウィス》》全体の約３％前後の損耗が出るようだ。

過去一度、セリカによってご破算にされたため、大導師の【聖杯の儀式】実行には、未《いま》だ凄まじい量の命が必要となる。祭壇上の命を能動的に吸収する機構も、過去の地殻変動で壊れている。

ゆえに、最終的に、現・フェジテ市民を皆殺しにして、《最後の鍵兵団《ウルティムス・クラーウィス》》を全員、自害させることを前提に、【聖杯の儀式】起動に必要な命の数がようやく足りるようになる。

無論、《最後の鍵兵団《ウルティムス・クラーウィス》》に、ある程度の余裕は持たせている。

だが、その余裕は……30％だ。

《最後の鍵兵団《ウルティムス・クラーウィス》》が、30％を超えて無駄に損耗した場合——フェジテ市民を皆殺しにしたとしても、【聖杯の儀式】実行に足りなくなってしまう可能性がある。

実際には、市民がある程度疎開したり、『裏学院』に隠れたりしているため、もう少し少ないかもしれない。

いずれにせよ、【ストライク・ジャッジメント】十発。

つまり、10カウントで、こちらの目論見《もくろみ》が全て崩されてしまう羽目になる——

そう、勝負は10カウントまで。

一撃目から二撃目の間の時間は、約30分だった。

儀式魔術だから、次弾発射までそれだけの時間がかかるのだろうが……要するに、このままだと約5時間で、全てが終わってしまうのだ。

その5時間で【ピュリファイドレイン・サンクチュアリ】の効果が尽きることは、さすがにあるわけない。

だからといって、密集する《最後の鍵兵団《ウルティムス・クラーウィス》》を散らして、被害を低く抑えることもできない。最早《もはや》、そんな小細工を弄せる軍団規模ではないのだ。

「くっ……《最後の鍵兵団《ウルティムス・クラーウィス》》が全員、死者の軍勢であることが裏目《うらめ》に出ましたね」

もし、これが魔導兵を主体とした通常の軍隊なら、こんななんの工夫も細工もない【ストライク・ジャッジメント】の鴨撃ちなど、まったく怖くない。

部隊単位で魔力障壁の対抗呪文《カウンター・スペル》を張りつつ、進軍すればいいだけだからだ。

「このままでは……ッ！　くっ、普通しますか⁉　この状況で、せっかく組んだ虎の子の戦術A級軍用魔術を崩してまで……こんな博打《ばくち》みたいな……ッ⁉」

エレノアが、この有利な状況では有り得ないはずの焦燥感に身を焦がしていると。

「いやぁ、大した将でございますなぁ、イヴ＝イグナイト……いえ、今はディストーレでしたかな？」

パウエルが、穏やかに笑いながらそう言った。

「今後、我々が要注意せねばならない敵陣営の人物……ル＝シルバの他に、彼女を加えても良いかもしれませんね」

「ぱ、パウエル様……」

「しかし、惜しい。本来なら、イヴ殿はアゼル殿の軍門に下り、我らが《最後の鍵兵団《ウルティムス・クラーウィス》》にて、その辣腕を存分に発揮していたはずなのに……ままなりませんなぁ」

「……ッ⁉」

パウエルの言葉に、エレノアがはっと硬直する。

イヴがアゼルに下らなかったその理由を、エレノアは知っている。

それは──あのグレン＝レーダスが、イヴを引き留めたからだ。

その時、エレノアは、《最後の鍵兵団《ウルティムス・クラーウィス》》の準備でミラーノを離れていたが……ミラーノの様子は、残した使い魔の視覚を通して常時収集していたのだ。

（まただ……また、あの男の影が……ッ⁉）

また、自分達を阻《はば》むものに、小癪《こしゃく》な《愚者》の影を感じ、エレノアが爪を噛《か》む。

「……いかが致しましょうか？　パウエル様……」

気を取り直して、エレノアがそう問うと。

「簡単ですよ。彼らが出ます」

そんなパウエルの言葉に応じるように。

ざっ！

その背後に、無数の外道魔術師達が現れた。

天の智慧研究会の主核、第一団と第二団を構成する総勢二百名余。

その姿形は、老若男女《ろうにゃくなんにょ》様々。

だが、確実なのは、その誰もが言葉通り一騎当千の力を持つ魔術師達——即《すなわ》ち、二十万の兵力に匹敵する戦力だ。

皆、その身に凄《すさ》まじい魔力と秘術を秘めていた。

「今から彼らが、あのフェジテ都市内に攻め込みます。ええ、こういう時のために、私はフェジテ各所に、簡易的な転移法陣をいくつも作成していたのですから」

パウエルが、ぱちんと指を打ち鳴らす。

すると——パウエルの周囲に、転移法陣が無数に浮かび上がった。

この一つ一つがフェジテの各所に通じているのだ――

「……ッ！　そう……でしたね」

パウエルの言葉に、エレノアが冷静さを取り戻す。

「まだ、こちらの目論見が外されるまで、充分な時間があります。【ストライク・ジャッジメント】と【ピュリファイドレイン・サンクチュアリ】……敵陣に乗り込み、その起動儀式法陣を潰してしまえば、何も問題ありません」

「転移法陣は、高度な魔術で完璧に隠蔽してあります。その位置情報が、帝国軍側に……この時代の魔術師に探知されることは決してありません」

「さすがはパウエル様……その戦術眼《がん》と魔術の技量、感服致しますわ」

「そして、あれほどの儀式魔術を、フェジテで執り行える場所など限られております。つまり――アルザーノ帝国魔術学院」

パウエルが手をかざして念じると、光の線によって、フェジテ都市内の地図が浮かび上がり、学院のある場所が光り輝く。

「つまり、現在の帝国軍本陣……あの因縁の魔術学院さえ落として、儀式魔術を全て破壊してしまえば、我々の勝利なのです」

「そ、そうですね……」

どこか安堵《あんど》したように呟《つぶや》くエレノアに、パウエルがさらに続ける。

「さて。それはともかく、こういう戦況ならば、私もそろそろ動くとしますか。ええ、例のアレ、です」

「……ッ⁉」

「恐らく、帝国軍は想像もつかぬでしょうな。《最後の鍵兵団《ウルティムス・クラーウィス》》も、エリエーテ殿も、ただの布石……我らの真なる〝本命〟を」

ほくそ笑むパウエルに、エレノアが歓喜の表情を浮かべた。

「そ、それでは……ッ⁉」

「ええ。エレノア殿は《最後の鍵兵団《ウルティムス・クラーウィス》》を動かし、フェジテの完全包囲を。敵の儀式魔術を破壊した際――すぐに最後の総攻撃に移れるように」

「わかりました。それに、そのように広く薄く展開した方が【ストライク・ジャッジメント】の被害も、いくばくか抑えられましょう」

「もちろん、貴女自身《あなたじしん》はここで待機をよろしく頼みますぞ？　万が一、貴女が撃破されてしまっては、《最後の鍵兵団《ウルティムス・クラーウィス》》は台無し、元も子もありませんからなぁ」

そして、パウエルが微笑《ほほえ》みながら、背後に控える無数の外道魔術師達へ振り返った。

「それでは皆様、参りましょう。転移法陣でフェジテ市内へと乗り込み、各人、各方面から学院へと攻め上がるのです。

ただし、この状況では、市民を無駄に殺してはなりません。立ちはだかる兵のみを殺傷するに止《とど》め、儀式の破壊を優先するのです。わかりましたかな？

先に儀式さえ破壊してしまえば……後は好きになさい」

パウエルの言葉に、その場の外道魔術師達が静かに頷《うなず》いて。

次々と転送法陣へ駆け寄り、フェジテ市内への転移を開始するのであった――

――。

「……《最後の鍵兵団《ウルティムス・クラーウィス》》、再進軍を開始しました」

クリストフが報告する。

「しかし、フェジテ城壁周辺を取り囲むだけで、仕掛けてくる気配はありません」

「ええ、そうよね。そう来るわよね。そう来ざるを得ない」

報告を受けたイヴが目を閉じ、深呼吸をする。

ふと、脳裏を過《よぎ》るは、彼女が心から敬愛してやまなかった姉――リディア＝イグナイトの言葉。イヴの士官候補時代、耳にタコができるほど言われた言葉だ。

——戦術と戦略の基本は、相手の差し手を読み切り、その思惑を上回ることじゃない。

——相手の差し手を、そう差すしかない〝必然の方向〟へ誘導することよ。

「……ここまでは、重畳だわ」

自分の戦略に手応えを感じたイヴが、拳を握りしめた。

「でも——ここからが正念場」

そして、イヴは特殊回線で繋《つな》げた宝石型通信魔導器を手に取る。

そして、その通信魔導器先に繋がる、フェジテを防衛する帝国軍全士官に向けて、伝令を発した。

「全軍傾聴ッ！　ここからが真の勝負よッ！　我らが祖国の興亡、この一戦にありッ！　あえてもう一度言わせてもらうわ！　貴方《あなた》達、祖国のため、女王陛下のために死になさいッ！　その命——私に寄越しなさいッッッ！」

そんな暴君とも言えるイヴの物言いに。

通信越しに一斉に返ってきた言葉は——

「「「了解《イエス》！　我《ユア》らが閣下《エクセレンシィ》ッッッ！」」」

——。

パウエルがフェジテ市内へ密《ひそ》かに通した転移法陣による転移中。

前方の白い穴を目指して、まるで星空が激流のように流れていく光景の中で。

長身痩躯《そうく》の男——天の智慧《ちえ》研究会第一団《門》《ポータルス・オーダー》の外道魔術師、サザン＝オルクスは思った。

「きひ……きひひひ……ッ！　久々にいっぱい人を殺せるなぁ！」

サザンは、組織内では名の知られた毒魔術使いだ。

帝国軍にも、その名は知れ渡っている。《蠱毒《こどく》》のサザンの名を聞けば、一流の魔導士達すら震え上がるものだ。

ただ、目下の心配事は……

「……ちっ」

サザンの両隣には、自分と同じ転移法陣を使用した外道魔術師達の姿があった。

一見、年端《としは》もいかない少年のような外道魔術師——ロダン。

派手で妖艶《ようえん》な年齢不詳の女——マーガレット。

ロダンは、重力を自在に操る魔術を得意とし、マーガレットは、アルベルト＝フレイザーよりも強い電撃を振るえると豪語する、電撃系魔術の使い手だ。

二人とも、サザンに負けず劣らずの技量を持つ魔術師であり——同時に、人を殺すのが何よりも好きな殺人狂だ。

（ちっ……ワタクシの殺《と》り分が減っちまうじゃありませんか……）

そう、サザンの心配事とは、それだった。

まぁ、天の智慧研究会に所属する外道魔術師なんて、皆、大なり小なり似たようなものなのだから仕方ない。

（ま、とりあえずは、帝国軍の頼みの綱である儀式魔術の破壊が目的ですけど……その道中、存分に遊ばせてもらうとしますかぁ……ッ！）

パウエルから、まだ市民は殺すなと言われたが、そんなの関係ない。サザンは学院を目指す道中、派手に毒魔術をぶちまけ、市民達を大量に逝《い》かせてやるつもりだ。

市民達が悶《もだ》え苦しみながら上げる悲鳴を想像して、ほくそ笑み。

サザンは前方の転移門をくぐり、転移先へと出るのであった——

「いひひひっ！　まずは一発景気づけですよぉ！　《死ねぇぇぇぇぇぇ──────ぇ？》」

転移が終了し、フェジテ市内に出現するや否《いな》や。

サザンは呪文を唱えようとして──絶句した。絶句するしかなかった。

サザンと一緒に転移してきた、ロダンとマーガレットも絶句していた。

なぜなら──周囲に市民の気配は欠片《かけら》もなく。

その代わりに。

通りに、周囲の建物の屋根の上に。

自分達を、ぐるりと隙間なく取り囲むように、大量の帝国軍魔導兵達が待ち構えていて
……その左手を自分達に向けて、すでに呪文詠唱《スペリング》を開始していたからだ。

「……は？　へ……？　な、なな、なん、なんで……？　待ち伏──」

「ちょっ……待って⁉　さ、さすがに数が多すぎ──」

「う、嘘《うそ》でしょ……ッ⁉　こんなの嫌ぁ……ッ⁉　し、死にたく──」

このあまりにも予想外に過ぎる盤面に。

自分達が立たされた、逃れようのない死地に。

サザン、ロダン、マーガレットの三人は、もう呪文を唱えることも忘れて狼狽《うろた》えるしかなくて──

そんな三人へ、三百六十度全方位から一斉に襲いかかる、電撃、火球、凍気。

帝国軍が誇る軍用魔術が、雨霰《あめあられ》と容赦なく降り注ぎ——

かつて何百人も殺して帝国軍を震撼《しんかん》させた三人の凄腕《すごうで》外道魔術師達は、塵《ちり》一つ残すことなく、この世から消滅するのであった——


意気揚々、フェジテ市内に侵入した外道魔術師達を襲ったのは、阿鼻叫喚《あびきょうかん》の地獄の洗礼だった。

どの転移先ポイントにも、帝国軍の腕利《うでき》き魔導兵達が数百人単位で待ち構えていて、転移してフェジテ市内に現れた瞬間、殺《オーバーキル》しすぎという言葉すら生温《なまぬる》い総攻撃を食らって消し飛ばされていった。

いかに一騎当千の外道魔術師といえど、出現した瞬間、不意打ちのように全方位攻撃を食らってはひとたまりもない。

敵撃破報告が、次々とイヴの下に伝達される。

「馬鹿ね。盤面があいう状態になったら、フェジテ市内に転移法陣で侵入して、学院の儀式魔術の破壊を狙うに決まってる。当たり前よ。

でもね、転移法陣は霊脈《レイ・ライン》を利用する魔術。いくら魔術で巧妙に隠蔽したところで、転移先に設定できるポイントは、そもそも限られているわ。仕掛けてくるとわかっていて、転移先がある程度絞られ、敵の目標もわかっているのなら……敵の出現場所を予測するのは、それほど難しくないわ」

そのために、敵の転移出現先に予測される付近に住むフェジテ市民を、予め《あらかじ》『裏学院』へと退避させたのだ。

が、目論見《もくろみ》を上手《うま》く通しても、イヴの顔は苦々しい。

「されど、敵は天の智慧研究会……そう甘くない……」

ぎり、と。

イヴが耳に当てた通信魔導器を握りしめる。

その時、通信魔導器から聞こえてきたのは——フェジテ市内の敵転移先予想ポイントに配備した、いくつかの部隊の全滅報告であった。

——。

「あはははははっ♪　あはははははっ♪」

全てを凍《い》てつかせる極寒の猛吹雪の中、肉感的なドレスに身を包む少女が踊る。

「ふん……脆《もろ》すぎる。つまらぬ」

そんな少女の背後に、まるで東方の修験者《しゅげんしゃ》のような筋骨隆々の大男が一人。退屈そうに周囲を見渡している。

「つ、強い……強すぎる……」

そんな二人を、地に這《は》いつくばりながら見つめる帝国軍魔導兵ロッシェ＝アレストは、自身の命の灯火《ともしび》が燃え尽きるのを感じながら、呟《つぶや》いた。

彼の周囲は、最早《もはや》、別世界だ。

ここはフェジテ市内の一区画だというのに——全てが雪と氷に閉ざされた、真っ白な世界と化している。降り注ぐ雨が片端から凍って霰《あられ》になっているのだ。

正体は、少女の魔術である。少女の身に刻まれた魔導刻印【死の冬の刻印】によって、彼女の周囲は全ての動きを止め、凍てついてしまう。

彼女が出現した瞬間、待機していた帝国軍魔導兵の半数が瞬時に、凍りついてしまったのだ。

そして——辛《かろ》うじて氷結から逃れた兵士達を、あの大男が怒濤《どとう》のように襲った。

格闘術のインパクトと共に魔術を起動させて炸裂《さくれつ》させる絶技、魔闘術《ブラック・アーツ》。

凄《すさ》まじい威力を持つ男の魔闘術《ブラック・アーツ》の前に、兵士達は為《な》す術《すべ》なく、破壊されていったので

ある──

「今日は♪　楽しい楽しい☆お仕事の日♪　大導師様の☆悲願が叶《かな》う時♪　私達の☆夢が叶う時♪」

「そうだな。これでようやく我が望みも……」

二人は、そんな風に語り合いながら、学院を目指して悠々去っていく。

そんな彼らを見送りながら、すでに致命傷を負って助からないロッシェは、最後の義務を果たそうと、血反吐《ちへど》を吐きながら通信魔導器を耳に当てるのであった。

「……ごほっ、げほ……こちら……戦区C14……全滅……敵は……その特徴から……点の智慧研究会第一団……《冬の女王》グレイシア＝イシーズ……それと……《咆哮《ほうこう》》のゼト＝ルード……げほっ……以上……、て、帝国に……栄光……ぁ……──」

──────。

自明の理ではあるが。

不意打ちは、上手くいく場合もあれば、上手くいかない場合もある。

特に、運悪く敵の上位実力者と当たってしまった部隊は──なおさらだ。

無言で押し黙るイヴの下に、周囲の通信魔導兵が矢継ぎ早に報告を続ける。

「イヴ元帥ッ！　戦区Y６ッ！　《精霊王》ラーヴァが出ましたッ！　戦区担当部隊は──精霊の群に襲われ、全滅ッ！」

「戦区Ｂ24ッ！　《魔剣豪》キョウシロウ出現──担当部隊、全滅……ッ！」

「戦区Ｅ５ッ！　担当部隊、全滅ッ！　敵は──《真っ赤な少女》ルージェ……ッ！」

「戦区Ｇ11──敵・正体不明《アンノウン》……ッ！　現在、情報収集中ッ！」

そんな報告を、黙って受け続けるイヴ。

その、たった一言二言の裏側で散っていった、夥《おびただ》しい数の同志達を思う。

「戦区Ｉ49──全滅。あの《冬の女王》グレイシアと、《咆哮》のゼトが……出現したようです」

そんな報告に、クリストフとバーナードが表情を硬くした。

「おおっとう……どうやら懐《なつ》かしい顔ぶれも来たようじゃのう？」

「ええ、そうですね。かれこれ『社交舞踏会』の一件以来ですね……」

そんな風に、二人が呟いている間にも、イヴの耳に次々と部隊の全滅報告が届く。

だがその都度、夥しい数の仲間の命と引き替えに、敵の情報と位置が看破される。

「…………」

イヴの脳内に、値千金の敵戦力情報が蓄積されていく。

「…………」

イヴが微《かす》かに俯《うつむ》き、ぎゅっと唇を噛《か》む。

そしてふと、イヴが先日、今回の敵の予想転移先を防衛する兵達に言って回った言葉を思い出す――

『この作戦は……多分、貴方達《あなた》の多くが死ぬわ』

『無論、私も、少しでも生存確率が高まるよう、最善の采配は尽くすけど……それでも、多くの損耗は避けられない』

『フェジテのために……帝国のために……貴方達の命を、私にちょうだい』

だが、そんな無茶なイヴの命令に。

兵士達は――誰も反発しなかった。

自ら進んで、その命を勝利のために捧《ささ》げることを誓った。

「彼らの死は、私のせい。私が命じ、私が殺した」

あまりの重さに、膝が折れそうになる。

だが、イヴは冷徹な意志力を持って、それをねじ伏せた。

「絶対に……無駄には……しないわ……ッ！」

イヴは、すぐさま冷徹な引き算を始めた。

敵の場所と、戦力、能力が判明しているのだ。

後は、そこに後詰めで待機させている主力をぶつけるのみ──……

イヴは、通信魔導器でフェジテ市内に展開した各部隊へ指示を送り続けながら、自分に集中する溢《あふ》れんばかりの情報を脳内で瞬時に処理し、速攻で手持ちの戦力達との相性を比較し、対戦カードを組む。

イヴが振り返れば、そこには──

クリストフ＝フラウル、バーナード＝ジェスター、エルザ＝ヴィーリフら、特務分室組。

クロウ＝オーガム、ベア＝フリーデンら、第一室組。

その他、帝国軍では腕利きと名高い、二つ名持ちの精鋭魔導士達。

さらには、ハーレイ＝アストレイ、ツェスト男爵、オーウェル＝シュウザーら、魔術学院の高位階魔術師達。

イヴがこの時のために選定した、帝国が誇る最高・最強の魔術師達が待機している。

「準備はいいかしら！　みんな、これから私がそれぞれ指示する戦区に出撃して！」

そんなイヴの言葉に。

誰しもが神妙に頷《うなず》くのであった。


「クリストフ！　死ぬなよ！」

「ああ、ベア。君もね。ご武運を」

どうも旧知の仲らしいベアとクリストフが軽く言葉をかわして、出撃する。


「よっしゃ、お前らッ！　敵を皆殺しにしてやれぁあああああああああ――ッ！」

「「「ぉおおおおおおおおおおおおお――ッ！」」」

クロウと血気盛んな第一室の連中が喊声《かんせい》を上げて、出撃する。


「あんまり気張っちゃイカンぞ、新人ちゃん。最優先すべきは生き残ることじゃ」

「ば、バーナードさん……は、はいっ！」

バーナードが、エルザの肩を叩《たた》き、共に出撃する。

「フン。戦争などくだらん。しかし、降り掛かる火の粉は払うまでだ」

「そうじゃなぁ。我らの誇り高きフェジテに手を出したこと、後悔させてやろうぞ、ハーレイ君」

「フゥーハハハハハ——ッ！　フェジテがなくては魔術の研究もできんからなぁあああああああああああああああああああああ——ッ！」

ハーレイ、ツェスト男爵、オーウェルら、学院の高位階魔術師達も次々に出撃する。

そして——

粗方の主力陣が出撃したその場には——最後に一人の魔導士が残っていた。

「…………」

その魔導士は、今までもそうだったように、本陣の片隅でただ無言で佇《たたず》んでいる。

イヴはその人物に歩み寄り、告げた。

「そろそろ出番よ」

「…………」

「やつは間違いなく、このタイミングで仕掛けてくる。つまり……貴女の出番よ」

「…………」

「一応、やつへの対抗策も考えてはある。今なら作戦変更と修正も利《き》く。だから、もう一度問うわ……いいのね？　本当に任せていいのね？　貴女一人に」

そんなイヴの言葉に。

その魔導士は──ただ、黙って頷く。

そして、とんっと足音軽く駆け出す。

まだ、やつが現れたという報告もないのに。

その魔導士は何かを確信したように跳躍し、フェジテのとある場所を目指して空を舞うのであった──

────。

──その一方。

「なんてこと……ッ！　対応された……ッ⁉」

エレノアはエレノアで、フェジテ市内の戦況を把握しており……送られてくる戦況結果に青ざめていた。

「半壊⁉　送り込んだ外道魔術師達の約半数が、瞬時に始末された……ッ⁉」

確かに、半分はその不意打ちを捌《さば》ききり、待ち構えていた帝国軍に手痛い損害を与えもしたようだが……実質、これは完全敗北だ。

フェジテに乗り込んだ外道魔術師達は、本来なら、並の一般魔導兵達に負けるような腕前ではなかったのだから。

「しかも……その初撃でこちらの戦力の情報や能力を看破して、それに応じた主力をぶつけるなんて……ッ⁉」

現在、フェジテの各地で、帝国軍主力と外道魔術師達の激しい魔術戦が繰り広げられており、そのどこもが大抵、外道魔術師側の分が悪い。

未《いま》だ能力が割れてない外道魔術師達も、イヴは生き残りや後詰めの魔導兵を上手《うま》く用兵し、次々とその正体を割っている。

「な、なんて、女なのですか、イヴ＝イグナイト……ッ⁉」

イヴは、この最終戦争の大前提ルールをひっくり返したのだ。

この状況——普通ならば、都市籠城《ろうじょう》防衛戦、あるいは打って出ての総力会戦となるはずだ。そうならざるを得ないし、誰もがそれを想定していた。

だが、イヴは、天の智慧《ちえ》研究会側の唯一の泣き所を目敏《めざと》く看破した。

そして、たった二つの戦術儀式魔術を場に通すことによって、その戦争形態をただの市内局地戦へと見事にすり替えたのだ。

帝国軍ｖｓ《最後の鍵兵団》《ウルティムス・クラーウィス》＋天の智慧研究会総戦力。

これが、帝国軍ｖｓ天の智慧研究会総戦力の構図になってしまったのである。

こうなると——わからない、わからない。

それに、市内局地戦……いくら天の智慧研究会の外道魔術師達が一騎当千といっても、《最後の鍵兵団》《ウルティムス・クラーウィス》など、今やただ並んで突っ立っているだけのカカシだ。

地の利は向こうにあるし、帝国軍トップクラスの魔導将兵達は決して弱くない。

その証拠に、フェジテ市内は完全に膠着《こうちゃく》状態と化していた。

外道魔術師の誰もが、儀式魔術の破壊はおろか、学院にすら到達できないでいる。

「膠着状態じゃ駄目なんですよ……ッ！」

エレノアがギリ、と爪を噛む。

今、《最後の鍵兵団》《ウルティムス・クラーウィス》は、フェジテ城壁をぐるりと取り囲んでいた。

だが……こちらからは一切の手出しができない。

そして、そうしている間にも……

——轟音《ごうおん》。閃光《せんこう》。大炸裂《さくれつ》。

また、天より飛来する儀式魔術【ストライク・ジャッジメント】が、《最後の鍵兵団《ウルティムス・クラーウィス》》の一角を激しく吹き飛ばした。

当然、忌々《いまいま》しい雨はまだ続いている。

仕掛けたいのに、仕掛けられない……そんな状態がずっと続いているのだ。

「もう四発目……ッ⁉　せめて【ストライク・ジャッジメント】だけでも、一刻も早く潰さないといけないのに……ッ！」

燃え上がるような焦燥が――エレノアを支配する。

このままでは……大導師様の思惑が崩れる。

何千年もかけた計画が崩されてしまう……こんなことで。

こんな、なんでもないことで。

取るに足らない、平凡な魔術の組み合わせで。

「エリエーテ様ッ！　エリエーテ様は一体、何をしておられるのですかっ⁉」

――――。

「はいはーい。ちゃあんと、ボクも仕事中だよ」

斬ッ！


フェジテ市内戦区G53。

その場所に、その女が現れた瞬間──血の雨が降った。

自然公園区画が形成されているそこは、アルザーノ帝国魔術学院に直通する主要街路が近く、イヴも最重要と判断する防衛要所の一つだ。

そこには、特に多くの魔道兵達──約五百が配備されていた。

だが、その女が突然、転移して現れ、ゆるりと剣を一振りした瞬間。

五百の首が、一斉に空を舞ったのだ。

ばしゃしゃばしゃしゃばしゃ──っ！　降り注ぐ血の雨。

ぼとぼとぼとぼとぼと──っ！　降りしきる首の霰《あられ》。

全てが朱に染まる惨殺《ざんさつ》世界の中、その女──エリエーテがくすりと微笑《ほほえ》む。

「うーん、今日も僕の《孤独の黄昏《トワイライト・ソリチュード》》は絶好調。良い輝《い》きをしてる」

誰も視認することはできなかったが、五百もの命を一瞬で摘んだのは、やはりエリエーテが放つ金色の剣閃《けんせん》だった。

たった一振りで放った五百もの剣閃が、その場所に嵐のように吹き荒れて、哀れなる将兵達の命を悉《ことごと》く刈り取ったのだ。

「さて……えーと？　件《くだん》のアルザーノ帝国魔術学院って、どっちだっけ……？　ボク、あんまり頭良くないからなぁ」

困ったように頭をかきながら、エリエーテがキョロキョロと周囲を見渡す。

多くの樹木が群生する自然公園であるため、余計に方向や地理感覚がわからない。

「でもまぁ……いいや」

だが、エリエーテは気にせず、真っ赤に染まる公園内を、散策を楽しむかのように歩き始めた。

「気の向くまま、適当に歩いていれば、いつか辿《たど》り着《つ》くでしょ。まぁ、勘でね」

そんな風に独りごちていると。

「！」

ふわ。

今まで感じたことのない圧に、エリエーテの前髪が揺らいだ。

ふと足を止めると、いつの間にか、前方の木々の向こうに……誰かがいた。

その誰かは、エリエーテに向かってゆっくりと歩いてくる。
察したエリエーテが、に、と口元を笑みの形に歪《ゆが》めた。
「うん……キミには、また会えると思っていたよ……リィエル」
そんなエリエーテの前に。
ざっ、と。
木々を抜け、塗れた地面を踏みしめ、リィエルの姿が露《あら》わになる。
大剣をその手に提げ、何も語らず、エリエーテへ向かって真《ま》っ直《す》ぐと歩いてくる――
「ん？　その目……」
エリエーテが、リィエルを見る。
リィエルの目は、しっかりと開いているのに、なんの光も映していない。
深淵《しんえん》の奈落の底のような目だ。エリエーテとまったく同じ目だ。
その魂が吸い込まれそうなほどの虚無の目は、エリエーテしか見えていない。
その証拠に、リィエルは周囲に散乱している帝国軍兵士達の遺体には見向きもしない。
ただ、黙々とエリエーテの前にやって来る。
先日は、友軍の死に激昂《げきこう》して、エリエーテへ突貫してきたというのに、だ。
「なるほど……へぇ？　いい目、するようになったね」

エリエーテが嬉《うれ》しそうに笑った。

「ちょっと、テストしよう——か！」

刹那、エリエーテが発条《ばね》が爆《は》ぜたように動き——剣を横一文字に一閃《いっせん》する。

その動作は、今までのような手首だけで行っていた〝棒遊び〟ではない。高度に洗練された〝剣技〟だ。

そして、その剣先から迸《ほとばし》る金色の剣閃——彼女だけの光。

その光は、まるで水面の波紋のように、光速で無限に広がって——

「……ッ！」

同時に、リィエルも無言で大剣を縦一文字に振り下ろす。

その剣先から迸る金色の剣閃——エリエーテのものとまるで劣らぬ輝き。

二つの剣閃は正面から激突、交差。

特殊干渉作用を引き起こし、可視の光となって四方八方に炸裂散華《さくれつさんげ》し——

——静寂。

「…………」

「…………」

そこには、十数メトラほどの間合いをとり、剣を振り抜いた格好で対峙《たいじ》する二人の剣鬼の姿があった。

「……合格」

エリエーテが残心したまま、そう宣言した。

「今度は、四肢を落とされる無様なことにならなかったね。偉い」

「…………」

「嬉しいよ……リィエル。まさか、キミがボクと同じ領域に来てくれるなんて！　一体キミは……キミ自身から、何を切り捨てたのかな？」

「…………」

リィエルは答えない。

ただ、無言で……ゆっくりと……大剣を構える。深く、低く構える。

そこには、敵意や殺気すらない。まるで感情のない一振りの剣のようだ。

だが、それこそ待ち望んでいたと、エリエーテが感極まったように叫ぶ。

「ボクも、あれからさらに〝色々〟捨てて、高めた甲斐《かい》があった。さぁ、語り合おうよ！　剣で！　存分に！　剣戟《けんげき》こそがボク達の言葉なんだから！」

だが、それに欠片《かけら》ほども応じることなく。

リィエルは、ただこの世界でエリエーテだけを見据えて。

大剣を構えたまま、地を滑るような神速で、エリエーテへ向かって突進を始めるのであった――

「…………」

――。

一方、フェジテ城壁、防衛エリアZにて。

「つ、ついに始まりやがった……」

カッシュが城壁上から都市内を見下ろしながら、ぼやいていた。

今、眼下の都市内のあちこちで、イヴが配置した魔導兵達と攻め込んできた外道魔術師達の壮絶なる魔術戦が繰り広げられ、そこかしこから爆音や閃光が上がっている。

「皆様、どうか……」

「くっ……」

ウェンディやギイブルも、祈るような面持ちでそれらを見下ろしている。

その防衛エリアZには、テレサやセシル、リン、その他二組の生徒達。ジャイルにリゼ、ハインケルら、上級生や他学級の生徒達。コレット、ジニー、フランシーヌら聖リリィ組、レヴィンやエレンといったクライトス組の姿もあった。

このようにフェジテ城壁上には、アルザーノ帝国魔術学院の生徒達から選出した学徒兵達も、帝国軍正規魔導兵達と一緒に、数多く配備されている。

今日この日まで、前線を抜けてきた《最後の鍵兵団《ウルティムス・クラーウィス》》が、城壁に取りついて越えようとしてきたところを、上から片端から撃ち落とし、皆で力を合わせて必死にフェジテを守り続けてきたのだ。

「くそ……歯痒《はがゆ》いぜ……今、あの場所で戦えない自分がよ……ッ！」

カッシュが都市内の状況を見下ろしながら、悔しげに吐き捨てる。

「それに……リィエルちゃん……」

魔術で強化した視覚で見れば、市内のとある自然公園付近で、謎の光がいくつも上がり激突している。

そこには凄《すさ》まじい速度で動き回り、かのエリエーテと思《おぼ》しき剣士と戦っているリィエルの姿があった。

だが、そんな鬼気迫る激闘を繰り広げているのに、リィエルの表情は虚無そのものだ。

まるで、何かの単純作業をしているような、奇妙な雰囲気なのである。

「やっぱり……リィエル、なんか様子がおかしいですわね……」

「ああ。お前もそう思うか？」

ウェンディの呟《つぶや》きに、コレットが呻《うめ》く。

「なんかアイツらしくねえっていうか……」

「戦えば戦うほど……人ではない別の〝何か〟になっていく……そんな気がしますね」

レヴィンの言葉は、その場の一同の胸中の代弁だった。

「東方でいう〝人修羅〟に似てます。戦いに取り憑《つ》かれ、鬼に化身してしまった人です」

「嫌な予感がしますの……リィエルはこれ以上戦わせてはいけない……これ以上戦わせたら、戻ってこなくなるような……そんな気がしますの……」

「くそっ！」

不安げなフランシーヌの言葉に、カッシュは毒づきながら城壁のヘリを拳で叩《たた》いた。

「俺達、こんな時に、こんな遠くから……見ているだけなんて……ッ！」

「そうだな」

ギイブルもしかめ面《つら》でそう応じる。

「僕達は、確かにこの一年間で魔術師としての位階をかなり上げた。だが、あの領域で戦うには遠く及ばない。無駄死にだ」

そう諦めたように言って、ギイブルは都市内へ向けていた視線を、城壁外——目と鼻の先まで迫ってきている《最後の鍵兵団》《ウルティムス・クラーウィス》へ向ける。

今はまだ、《最後の鍵兵団》《ウルティムス・クラーウィス》に動きの気配はないが……

「いつ、イヴ教官の予見した展開になるかわからない。僕達がこの城壁を守ることだって重要なことだ」

「わかってる……わかってるけどよ……ッ！」

カッシュは、眼下の都市内で、外道魔術師達と命を賭《と》して戦う帝国軍を見守る。

今、ああやって戦っている魔導兵の中には……つい先日まで、この城壁上でカッシュ達と共に肩を並べて戦っていた者達もいるのだ。

言葉をかわして、同じ釜の飯を食った者達もいるのだ。

自分達は学徒兵。彼らは職業軍人。

仕方ないとはいえ……見ていることしかできないのは辛《つら》かった。

「俺……将来、魔術をたくさん覚えて、冒険者として生きるのもいいなって思ったこともあったけど……俺、やっぱり帝国軍に入る……ッ！　強くなりてえ……ッ！　こんな時に仲間を守って戦えるくらいには……ッ！」

「カッシュ……」

そんなカッシュの言葉に。

その場の一同は、しんみりするしかないのであった。

――――。

「リィエル……貴女《あなた》……」

一方、アルザーノ帝国魔術学院本陣では。

なんとも言えない複雑な表情で、イヴが投射映像で送られてくるリィエルの戦いを見つめている。

その時、イヴの脳裏に浮かぶのは――昨日、リィエルが突然、イヴの前に現れた時のことだ。

奈落のような目、感情のない相貌、失われた生気……一夜明けてみれば、リィエルはまるで別人のように変貌していたのだ。

驚くイヴへ、リィエルはぼそぼそと言った。

どうにも、妙なしゃべり方だった。

話し方を忘れてしまい、こうすれば声が出るという経験則で作業的に言葉を紡《つむ》いでいるかのような……そんな無機質な声で、リィエルはこう言った。

〝エリエーテは、わたしに任せて〟

〝今のわたしなら対抗できる〟

〝もう、負けない。絶対に〟


そして、リィエルはそんな宣言通りに――

「拮抗《きっこう》してる……あのエリエーテ＝ヘイヴンを相手に……」

イヴは、それこそ驚きを隠せなかった。

イヴとて、一応、対エリエーテ戦のプランは考えてあった。

二つの戦術儀式魔術によって、エリエーテの神出鬼没な遊撃行動を、かなり制限したことによって得られた活路。

無数の魔術罠《マジック・トラップ》を仕掛けた都市区画へエリエーテを誘い込み、そこへ軍の主力魔導士を大勢投入してかかる、という作戦。

ただ、それは他の外道魔術師達との戦いの多くを一般魔導兵に任せなければならず、エリエーテを誘い込む際にも大量の囮《おとり》部隊が必要なので、夥《おびただ》しい数の犠牲者が出る。

そこまでして、エリエーテを撃破できるかどうかも怪しい博打《ばくち》だ。

だけど、もし、エリエーテを単騎で抑えることができる者がいるなら、話は大きく変わってくる。

どのみち博打を打つならば——そんなイヴの判断は、結果的に正しいと言えた。

リィエルが駄目だったら、即座に二の矢を打つ必要があったが……今のところ、それは必要なさそうだ。

だが——

「……いいの？　これで」

イヴが拳を固める。

「このまま、リィエルを……あのエリエーテと戦わせ続けて、本当にいいの？」

確かに、リィエルは強くなった。

一昨日、四肢を切断された時とは、最早《もはや》別人だ。

魔術師は何か些細《ささい》なことを切っ掛けに、突然、位階を大きく上げることがあるが……今のリィエルは、それの剣士版とでも言うべき状態だ。

一日行方を眩《くら》ましていた間、リィエルに何があったのかは知らないが……間違いなく、リィエルは格段に強くなっている。

しかし、なんだろう？

あのリィエルは、人として何か致命的な物を零《こぼ》し落としてしまった……そんな気がしてならないのだ。これ以上、リィエルに剣を振るわせてはいけない……そんな嫌な予感が猛烈にしてならないのだ。

「それでも……今は、貴女に頼るしかないわ、リィエル……ッ！」

祈るように。

縋《すが》るように。

イヴは、それでも思考を止めない。

頭上に投射される全ての戦場映像を睥睨《へいげい》しながら、冷静に次の一手を思考する。

（戦況がこうなれば……敵の次の手は……）

そう。

アレに決まっている。アレ、アレしかない。

イヴが敵の真なる目的を看破することで浮上した、敵の最低最悪の一手。

とにかく、それを何がなんでも潰さなければならない。

そして、そのもっとも重要な戦いにあてる駒は、最初から決まっている。

たとえ、エリエーテが帝国軍一万五千の将兵を皆殺しにしたとしても、その一戦のためだけに、最後まで温存しておかねばならなかった人物——帝国軍最強の魔導士だ。

その戦いは、その男にしか務まらないのだ。

（私達の命……この帝国の未来……貴方に預けたわよ……？）

そう心の中で呟いて。

イヴは遠くを見やるのであった。

————。

——そこは、フェジテの某所。

耳鳴りを幻聴するほど、しん、と静まり返る静寂と暗闇の中。

その男——アルベルト＝フレイザーは、ただ待ち続ける。

「…………」

その〝右眼《みぎめ》〟を包帯で覆ったまま、静かに来たるべき決戦の時を待ち続ける。

静寂の最中……アルベルトがふと思い返すのは、数日前のこと。

グレンがフェジテを発《た》つ際、見送りに来たアルベルトへ、誰にも気付かれないよう密《ひそ》かに残していった言葉だ。

〝お前も。俺の代わりに……フェジテを頼むぜ〟

「……フン」

アルベルトが鼻を鳴らして、それをかき消す。

そして、ただひたすら待ち続ける。

…………。

……。

……やがて。

かつん。

その場所に、小さく足音が響き渡る。

かつん。かつん。かつん……

その足音が分厚い暗闇の向こうから、ゆっくりと近付いてくる。

その気配を感じ取ったアルベルトは、不意に語り始めた。

「……学級都市フェジテには、一つ厄介な爆弾がある」

かつん。かつん。かつん……

「それは『Project《プロジェクト》 : Flame《フレイム》 of《オブ》 megiddo《メギド》』——即《すなわ》ち全てを滅ぼす神炎【メギドの火】」

かつん。かつん。かつん……

「かつて、狂えるアリシア三世の手によって、フェジテの霊脈《レイ・ライン》は【メギドの火】を発動させることができる、恐るべき眠れる爆弾と化した。『マナ活性供給式《ブーストサプライヤー》』と『核熱点火式《イグニッション・プラグ》』……たったこれだけの式を使うだけで、フェジテは丸々焦土へと変わる」

かつん。かつん。かつん……

「敵の目的が、〝帝国の完全征服〟なら……フェジテのような魔術的要地を地図から消し飛ばしたところでなんの意味もない。むしろ、拠点として手中に納めたい筈《はず》。だが……〝【聖杯の儀式】の発動〟だとしたらどうだ？　これほど効率良く、大量の命を炉にくべられる手段を放っておくか？　そんなはずはあるまい。そうだろう？」

今まで背を向けていたアルベルトが振り返り──鋭く問いかけた。

「──パウエル」

かつん。

その瞬間、近付く足音が止まる。

暗闇の中から現れたのは──

「ええ、その通りです、アベル」

天の智慧《ちえ》研究会、最強の外道魔術師。

第三団《ヘヴンス・オーダー》《天位》。【神殿の首領《マジスタ・テンプリ》】パウエル＝フューネであった。

「貴様が先日、フェジテに姿を現した真の目的は、フェジテ市内へ侵入する転移魔術の転移先ポートを作るためではない。

それを偽装に、フェジテの各地に『マナ活性供給式《ブーストサプライヤー》』を設置するためだ、違うか？」

「…………」

「だが、膨大な演算処理を行う『核熱点火式《イグニッション・プラグ》』だけは、霊脈《レイ・ライン》への影響が強すぎて、いくら貴様の魔術が高度だろうが、この厳戒態勢中のフェジテで隠蔽しきれる物ではない。

以前の無警戒だった時の『フェジテ最悪の三日間』の時とは状況が違う。だからこそ、貴様は『核熱点火式《イグニッション・プラグ》』の仕掛けは、この時、この場所を選んだ――」

そこは、広大な空間であった。

だが、遥《はる》か高き天井は岩盤で覆われている。

周囲に広がるのは――都市だ。

建築様式は現代のものとまるで異なっている。その多くが台形を基本とした原始的な石造り構築。そんな奇妙な都市内に、ところどころ立っている石柱碑《ひ》。

だが、そのどれもが長き時を経て、ボロボロに朽ち果てている。

この場所の名は——

「廃都——メルガリウス」

パウエルが答える。

「そう。フェジテの地下——それも遥か深く下には、広大な都市遺跡空間があります。上で『核熱点火式《イグニッション・プラグ》』を仕掛けられないのであれば、ここはまさに最適地ですなぁ」

かつて、魔都メルガリウスに聳《そび》え立《た》つ《嘆きの塔》は、魔王の撃破と共に地中深く沈み、地下迷宮となった。

その後、その魔都メルガリウスも、何度かの地殻変動と共に、徐々に地中深く沈んでいき……その都市のごく一部が、現在、このフェジテの地下深くの場所に《廃都メルガリウス》という古代遺跡の形で遺《のこ》されている。

この《廃都メルガリウス》は、フェジテ周辺に自然発生したダンジョンから通じており、すでに長い歴史の中で調べ尽くされてはいるものの、魔導考古学者達にとっては聖地のような扱いとなっている場所なのだ。

「しかし——私がここに仕掛けるとよくわかりましたな?」

「簡単なことだ。貴様がフェジテ都市内に組んだ各『マナ活性供給式《ブーストサプライヤー》』の臨界励起マナの供給設定先が、ここになっていた……ただそれだけの話」

「！」

アルベルトが淡々と返す言葉に、パウエルが微《かす》かに驚きの表情を浮かべる。

「なんと。貴方《あなた》──〝視《み》えて〟いたのですか？」

「……イヴのお陰だがな」

今のアルベルトは、見えざる物を見る特殊な〝右眼〟を得ている。

そして、イヴが天の智慧研究会の真の目的を看破することで、敵が【メギドの火】を使う可能性が浮上した。

だからこそ、アルベルトはフェジテに隠蔽されていた『マナ活性供給式《ブーストサプライヤー》』の存在を見切ることができたのだ。

「なるほどなるほど……これは油断しましたな。貴方の新たな〝右眼〟……私が思った以上のものやもしれませぬなぁ」

だが、パウエルはどこまでも余裕を崩さずに微笑《ほほえ》む。

「しかし……それだけに解《げ》せませんなぁ。私の仕込みが〝視えて〟いたのならば……『マナ活性供給式《ブーストサプライヤー》』を解呪《ディスペル》しておけば良かったでしょうに」

「解呪《ディスペル》すれば、貴様はここにこうして一人で来ることはなかっただろう？」

「……………」

アルベルトの言葉に、パウエルが押し黙る。

「『マナ活性供給式《ブーストサプライヤー》』それ自体に害はない。貴様がここで『核熱点火式《イグニッション・プラグ》』を構築起動することさえ防げば……何も問題ない」

そう、これがイヴの最大の判断難所だったのだ。

『マナ活性供給式《ブーストサプライヤー》』を解呪《ディスペル》し、天の智慧研究会最大の戦力、パウエル＝フューネを、他の凶悪な外道魔術師やエリエーテと共に、上の広い場所で好き勝手に暴れさせるか。

あるいは、『マナ活性供給式《ブーストサプライヤー》』をあえて解呪《ディスペル》せず、パウエルを他に誰の援護もない場所に誘い込み、孤立させるか。

前者と後者、そのどちらの方が勝率が高いか。

イヴは、後者と判断したのである。

「ふふふ、なるほど。イヴ殿は敵の隠し札すら利用しますか……しかし、愚かです」

パウエルが含むように笑う。

「一つ大事な前提がありますよ？　勝てるのですか？　アベル。貴方が、この私に？」

「勝つ」

毅然《きぜん》と言い捨て、アルベルトが身構える。

「〝汝等《なんじら》、人を裁くな。裁かれぬためなり。人を裁くは神の務めなり〟

〝赦《ゆる》すべし。きっと、赦される〟

だが、貴様は赦さん。貴様を裁くのは俺だ、パウエル」

「ははは、思い上がりですよ。〝汝等は、己の裁く裁きで裁かれ、己の量る秤《はかり》で量り与えられるだろう〟──貴方は、私の神ではありませんよ？　アベル」

パウエルが左手をゆるりと振るう。

その手に嵌《は》められた指輪が輝き──禍々《まがまが》しい魔力が胎動し──パウエルの周囲に召喚門が無数に、一斉に出現する。

そこから受肉展開され、わらわらと現れるは、世にも悍《おぞ》ましき異形の悪魔達。

たった一匹でも一軍を滅ぼせる、大悪魔達の軍勢を前に。

アルベルトは右眼を覆う包帯を引きちぎるように取り払い──右眼を露《あら》わにした。

金色に輝く鷹《たか》のような眼《め》の輝きが、闇を斬り裂く。

そして──胸元の銀十字を掴《つか》み、それを触媒に呪文を唱えた。

「《金色の雷帝よ・地を悉《ことごと》く清め・天に哭《な》きて貫け》──ッ！」

黒魔《くろま》改【パニッシュメント・ホライゾン】。

壮絶な轟音《ごうおん》と極光を立てて発生した、数十条を超える聖なる稲妻が、突進してくる悪魔達へ容赦なく降り注ぐのであった──……

――――。

「地下は、もう……信じるしかない。アルベルトを」

イヴの予測通りならば、今頃、地下でアルベルトがパウエルと交戦を始めた頃だ。

地下の状況は、イヴにもわからない。

こちらが、敵の仕掛けに気付いてないと偽装するため、その場所には一つも遠隔的な映像投射魔術を通してないのだ。

そして、究極、アルベルトの敗北＝《イコール》この戦いの敗北だ。

だが、イヴが判断する限り、エリエーテの相手はリィエルにしかできないように、パウエルの相手ができるのは――アルベルトしかいない。

アルベルトに託すしかないのだ。

「……本当に……いくつ奇跡を起こせば、勝利を掴めるっていうの……？」

思わず目眩《めまい》がしてくる。

現在、フェジテ都市内の戦況は、完全に膠着《こうちゃく》状態。

地獄のような戦いの音が、ここまで届いてくる。

「でも……これで……ようやく……ッ！」

イヴは、これまでの策が順調に機能していることを確認しつつ、周囲の魔導士官達を振り返った。

「いくわよ、最後の一手。フェジテ最終防衛軍全部隊に通達ッ！　作戦コードγ、実行準備開始ッッッ！」

「「「はっ！」」」

――――。

その時、魔術で戦況を把握していたエレノアは、爪を噛《か》みながら震えていた。

「なんてこと……ッ!?」

フェジテから遠く離れた、切り立った崖の上にて。

ここまで手駒と手札を吐き出して、フェジテの戦況は、まさかの完全な膠着状態だ。

天の智慧研究会が誇る精鋭の外道魔術師達の誰もが、アルザーノ帝国魔術学院に到達できない。儀式を破壊できない。

エリエーテとリィエルの戦いは、完全に拮抗《きっこう》状態。

というより、エリエーテは目的を忘れて、完全に剣の勝負を楽しんでいる節がある。

最後の切り札を仕掛けに行ったパウエルとも連絡が取れない。

パウエルほどの魔術師なら、『核熱点火式《イグニッション・プラグ》』などさっさと設置して、すぐにフェジテ市内戦に参加できるはずなのに、先ほどからまったく音沙汰がない。

誰かが【ピュリファイドレイン・サンクチュアリ】を破壊してくれれば。

それが無理なら、せめて【ストライク・ジャッジメント】だけでも止めてくれれば。

何もかもが上手《うま》くいくはずなのに……

「このままじゃ……このままでは……ッ⁉」


轟音ッ！　閃光《せんこう》ッ！


その時、天をどよもし、極光の一閃と共に撃ち落とされる【ストライク・ジャッジメント】が《最後の鍵兵団《ウルティムス・クラーウィス》》の一角を、また吹き飛ばした。

もう九発目だ。

これ以上は駄目だ。これ以上は撃たせてはならない。

これ以上は、本当に大導師の計画が根底から崩れる危険域である。

「……仕方……ありませんね」

エレノアは覚悟を決めた。

幸い、今のフェジテのような混戦状態ならば容易《たやす》いし、自分のような偽装と隠形に長《た》けている魔術師ならば、なおさらだ。

ことここに至り、ついにエレノアが動き始めるのであった――

――。


追い詰められたエレノアは、最後の手段に出た。

それは、エレノア自ら、フェジテ都市内へと転移法陣を使って侵入し、この状況を作り上げている二つの戦術儀式魔術を破壊することである。

手駒と手札を完全に吐き出しきった以上、もう、そうするしかないのだ。

エレノアは長らく全ての身分を偽って、女王側近という要職に就き、組織の任務に従事していたことがある。

偽装と隠形にかけては、組織内でも右に出る者はいないと自負している。

それに万が一見つかっても、自分には〝アレ〟がある。負けることは有り得ない。

ゆえに――……

「容易いですわ」

エレノアは誰にも気付かれることなく、悠々とフェジテ都市内を歩いていた。

今、このフェジテ都市内では、あちこちで散発的な戦闘が繰り広げられ、断続的に怒号や魔術の炸裂音《さくれつ》などが響き渡っている。

戦いの最前線から離れた裏通りでは、戦いに巻き込まれぬよう、警備官の誘導に従って大勢の市民達が逃げ惑うように避難している。

そんな大喧噪《けんそう》と大混乱の中。

エレノアは陰から陰へと移動するように、市民達の視界から消え、警備官達の目を盗み、戦列を敷いて戦う魔導兵達に気付かれず、味方の外道魔術師達の目すら欺いて。

アルザーノ帝国魔術学院を目指して、ゆっくりと確実に突き進んでいく。

(……あらあら、拍子抜けですわね。最初から私が動けば良かったでしょうか？)

懐《ふところ》にある〝アレ〟の存在を感じながら、エレノアは進んでいき……

……やがて。

なんのトラブルもなく、あっさりとアルザーノ帝国魔術学院へと到達していた。

警備の薄い学院裏手の鉄柵の前で、エレノアが周囲を慎重に確認する。

(学院に張ってあるセキュリティ用の断絶結界は……さすがに切ってありますわね)

軍と警備の関係者が大量に出入りせざるを得ないこの状況で、いちいち登録している暇はないから当然だろう。

もっとも、結界があったとしても、エレノアにはいくらでも誤魔化す手段があるが。

(まぁ……手間が省けて好都合ですわ)

ふわっと。

まるで猫のように鮮やかな挙動で、エレノアはあっさり鉄柵を飛び越えた。

物陰から物陰へと潜みながら、件《くだん》の儀式魔術が構築してあるだろう場所——中庭を目指す。

それが少しでも見える場所を確保すれば……終わりだ。

自身の魔術で、その件の儀式魔術を壊すなり、人員を殺すなり……それで終わりだ。

だが——

学院敷地《しきち》内を歩いていくうちに、エレノアは奇妙な違和感を覚えていた。

(……警備が……あまりにも薄すぎるのでは……?)

否、薄いなんてレベルではない。

皆無だ。

ここ、アルザーノ帝国魔術学院は、現在の帝国軍本陣とも呼べる場所。

確かに、今は極限まで戦力を出撃させ、都市内局地戦を展開しているため、本陣の守りが薄くなるのは自明の理ではあるのだが……これは、あまりにも。

だが、周囲に罠の気配はない。それは様々な魔術的手段で、すでに確認した。

少しでも罠《わな》の気配があったら、こんな所に一人ノコノコ潜入しない。

この学院に、なんらかの魔術罠が伏せてある可能性は──ゼロだ。

それに、万が一の時に備え、即座に都市外へと脱出できるよう、簡易転移ポイントも作ってきてある。抜かりは何一つない。

(…………)

それでも、何か嫌な予感が拭えない。

だが、【ピュリファイドレイン・サンクチュアリ】は止めなければならない。【ストライク・ジャッジメント】は破壊しなければならない。

今、それができるのは、もう自分しかいないのだ。

エレノアは微塵《みじん》も油断なく全神経を集中させ、ゆっくりと、慎重に中庭を目指していって……

やがて、儀式魔術が敷設《ふせつ》されている中庭に到達した、その時。

エレノアは、ただ愕然《がくぜん》とするしかなかった——

「なんですか……これは……？」


さすがに堅い守りが敷いてあると思っていたが、そこには誰も居ない。

【ピュリファイドレイン・サンクチュアリ】と【ストライク・ジャッジメント】……二つの戦術儀式魔術法陣が、無防備にその場に放置されている。

ならば、これ幸いとさっさと壊せばいい。

それだけなのだが、エレノアは、それを壊す意味がまったくないことに気付いた。

「こ、この【ピュリファイドレイン・サンクチュアリ】……一日どころか、五時間しか保たない……？」

元々、触媒や法陣構築用の魔術資材が、まるで足りてなかったようなのだ。

つまり、わざわざエレノアが壊さなくても、この忌々《いまいま》しい雨は、あと十数分もすれば効力を失い、勝手に止《や》む。

実際、よくよく気付けば、雨足はすでに弱りかけており、頭上を覆う分厚い雲の端々に微《かす》かな光が見え始めている。

「あ、あっちの【ストライク・ジャッジメント】も、元々九発分しか撃てない……ッ！」

つまり……もう、すでに打ち止めだ。

最初から、この【ストライク・ジャッジメント】で【聖杯の儀式】に必要な数以上の《最後の鍵兵団《ウルティムス・クラーウィス》》を破壊される可能性など皆無だったのである。

「これは一体、どういうこと……？」

さすがにこの状況が理解できず、エレノアが狼狽《うろた》えていると。

「やっと、この時が来た……ギリギリだった、本当に……」

そんな言葉と共に。

ぱちんっ！　エレノアの背後で、指鳴らしの音が響き渡った。

――――。

その指鳴らしに応じるように、フェジテ城壁のあちこちで火の手が上がった。

フェジテを囲む城壁上に、等間隔に設置された篝火《かがりび》が、突然燃え上がったのだ。

「……来た……ッ！」

それを見たカッシュ達は、一瞬、ざわめき……すぐに気を引き締める。

「イヴ教官の合図ですわ！」

「ええ、出番ですわね！」

「皆さん、急いで！　件の呪文を唱えるのです！」

整列し、手印を構えるのは二組の生徒達だけではない。

他のクラスの生徒達も、同じように急いで整列し、手印を組んで。

もちろん、城壁上に詰める帝国軍魔導兵達も率先して、それを行う。

フェジテを囲む城壁上の将兵全てが、同じ手印を組んで、フェジテ中央に向かって、同じ呪文を声色高々に叫ぶのであった。

「「「《封鎖《ロック》》――ッ！」」」

その瞬間だった。

フェジテの城壁上に沿って、圧倒的な光の線が走り――

そして、それが眩《まばゆ》い閃光を天空に向けて放った。

上がる閃光は、そのまま強大な光の壁となって、遥《はる》か空まで突き抜ける──

──。

「《吼《ほ》えよ炎獅子《えんじし》》──《集散》ッ！」

極限まで魔力が収束圧縮されたビー玉のような小さな火球が、その秘めたる超威力をまるで落とさず無数に分裂し──拡散する。

収束拡散起動《コンセフュージョン・ガンメタル》。呪文一発分の魔力消費効率を極限を超えて高めた、最早《もはや》、固有魔術《オリジナル》に限りなく近い超絶技巧。

局地的にだが、戦術A級軍用攻性呪文《アサルト・スペル》に迫る威力を発揮するその呪文を前に。

「お、ぉおおおおおお──ッ⁉　ば、馬鹿なぁああああああ──ッ⁉」

腕利《うでき》きの外道魔術師《鬼械人》ヴォルケン＝ガウナーは、為《な》す術《すべ》もなかった。

常時、自身に自動展開されている強固な魔力障壁はあっさり破壊突破され、全身に壮絶な爆炎を浴びせかけられ──爆破四散する。哀れ、自身の全身を改造して仕込んだ、自慢の魔導兵器の数々を披露する暇は微塵もなかった。

「フン。無駄が多いのだよ、貴様の魔導はな」

難敵ヴォルケンをあっさり葬《ほうむ》った男――アルザーノ帝国魔術学院が誇る天才魔術師ハーレイ＝アストレイは、ふと空を見上げる。

すると、フェジテの城壁上に沿って聳《そび》え立《た》つ光の壁が目に入った。

「どうやら、件の仕込みも上手《うま》くいったようだな。まぁ、この私にかかれば、あの程度の小細工、造作もないことだが」

眼鏡を押し上げて鼻を鳴らし、そう言い捨てて。

ハーレイは次なる戦場を目指し、混沌《こんとん》の坩堝《るつぼ》と化した都市内を悠然と歩きはじめた。

――――。

フェジテを城壁沿いに囲むように突き立った、巨大な光の壁を見て。

エレノアは、ただただ愕然としていた。

「嘘《うそ》……あれは……この学院の断絶結界……？」

そんなエレノアの後方で指鳴らしをした人物――イヴが、種明かしのように言った。

「ええ、そうよ。ちょっと設定を弄《いじ》って……魔導兵や学院の生徒達を中継点に使った、大規模儀式魔術として改変利用させてもらったわ」

この急場の結界設定変更と魔術儀式の構築は、人員的にハーレイ＝アストレイに一任せざるを得なかったが、あの限られた時間で完璧な仕事をしてくれたようだ。

しかし、あのハーレイという男、以前の《炎の船》事変でも、帝国側の勝利に多大なる貢献をしてくれたが……やはり掛け値なし、本物の天才らしい。

まぁ、それはともかく。

「あの結界は、外側から内側に入るのは防げないけど……逆に、内側から外側には絶対に出られない……まぁ、学院の断絶結界の反転バージョンってとこかしら？

もう、わかるわよね？　罠はこの学院に仕掛けたんじゃない。この都市そのものが罠だったってわけ……貴女《あなた》を閉じ込めるための、ね」

かつん、かつん、と。

イヴは、無言のエレノアへ向かってゆっくりと歩み寄っていく。

「貴女が……エレノア＝シャーレットね」

「…………」

「この戦い……初手から詰んでいた帝国軍の唯一の勝ち筋はね……《最後の鍵兵団《ウルティムス・クラーウィス》》の指揮者、エレノア＝シャーレットの撃破。ただそれだけよ」

「…………」

「でも、まともにやったって、貴女は絶対に、最後まで表に出てくることはない。そんなことはわかりきっていた。だから、炙り出すしかなかった」

「…………」

「そのための【ピュリファイドレイン・サンクチュアリ】と【ストライク・ジャッジメント】……二つの戦術儀式魔術。

　虚構の【聖杯の儀式】崩壊を演出して、都市内局地戦が膠着《こうちゃく》すれば……貴女の周りの全戦力が吐き出されれば……もう貴女が出てくるしかない。

　実際には、私が用意した二つの魔術儀式に【聖杯の儀式】を崩せる力なんてないんだけど……でも、貴女の視点からは、そうするしかない」

「…………」

「それが私の狙い目。後は封鎖断絶結界で、貴女をフェジテに閉じ込める。逃がさない。用心深い貴女は非常事態に備え、外に簡易転移ポイントを準備していたのでしょうけど……どう？　今は、さすがにあの結界に阻《はば》まれて転移できないわよね？」

「…………」

「後は──貴女を倒せば終わり。《最後の鍵兵団《ウルティムス・クラーウィス》》は全て崩壊して終わり。年貢《ねんぐ》の納め時よ……エレノア＝シャーレット」

そう蕩々《とうとう》と種明かしを語る女――帝国軍総司令官イヴを背後に。

「～～～～～～ッ！」

エレノアは、ガタガタと震えながら俯《うつむ》くしかない。

嵌《は》められた。完全に嵌まってしまった。

全てが理詰めだった。なんていう怪物だ、イヴという女は。

能力こそ優れているが、手柄と戦果に固執し、出世と栄光ばかりを追い求める矮小《わいしょう》な小物……そんなイヴの人物評は、一体何処《どこ》へ行った？

こんな一歩間違えば、全てを破滅させるような、保身など一切考えない作戦など立てられる人物じゃなかったはずだ。

こんな全てを背負い立つような、圧倒的重責作戦を立案し、鋼の意志と胆力で実行してみせるような……決して、そんな傑物ではなかったはずなのに――

（せめて……私達、天の智慧《ちえ》研究会側に、もっと戦力が残っていれば……ッ！）

そんなことを思って、エレノアは、はっとする。

天の智慧研究会の戦力を、ここまで殺しまくって削ったのは――ジャティス＝ロウファン。あのグレン＝レーダスの影が、もっとも色濃く背後に映る男だ。

（グレン＝レーダス……またしても……またしても……ッ！）

ぎりぎり、と歯噛《はが》みをして。

それでも、やがて、エレノアは動揺をねじ伏せ……落ち着きを取り戻す。

そして――

「……うふ、うふふふ……あはははははははははははははははは――っ！」

エレノアは高笑いを始めるのであった。

そんなエレノアを黙って見据えるイヴに、エレノアが振り返る。

「実に見事ですわ、イヴ様……ええ、仰《おっしゃ》る通り……私としたことが、すっかり貴女の策に嵌まってしまったようですわ」

「…………」

「参りました。まさかこんな状況で、ここまで私達を追い詰めてしまわれるとは……貴女も一角の〝英雄〟ということでしょうか？」

「…………」

「ですが――一つお忘れになっていませんか？」

ばっ！

突然、弾《はじ》かれたように、エレノアが両手で複雑な印を組みながら跳び下がり――

「そこ！」

イヴが炎の魔術を、予唱呪文《ストック》の時間差起動《ディレイ・ブート》で起動する。

上がる壮絶な爆炎が、逃げるエレノアを正確無比に呑《の》み込んだ。

エレノアの全身が焼け焦げ、瞬時に炭化するが――

まるで闇が周囲からわだかまるように、炭化したエレノアへと集まり……エレノアの身体《からだ》がみるみるうちに再生していく――

「そう、恐らくご存じの通り……私、不死身でございますわ」

「……ッ!?」

本気で撃った魔術が通じず、イヴが微《かす》かに眉を吊《つ》り上げる。

「言っておきますが、貴女の魔術では、私を滅ぼすことは不可能ですわ。そんな私を、どうやって殺すのでしょうか？　教えてくださいませんか？　ねぇ？

結局、どんなに策を練っても、私が私である限り、全て無駄なのでございます」

「………………」

イヴは無言で、慇懃《いんぎん》に一礼するエレノアを睨《にら》み付ける。

睨み付けながら、考える。

当然、エレノアの不死性は、イヴも把握していた。以前のアルベルトとエレノアの交戦記録は、確かにエレノアが不死身であることを物語っている。

だが——本当にそうか？

不死身？　殺せない？　不滅？　本当に、そうか？

答えは——断じて、否だ。

本当に、真の意味で不死身なら——こんな状況になるまで、敵陣の後ろで引っ込んではいない。さっさと戦線に出てきているはずだ。

限りなく不死身に近いことは間違いない。

だが、万が一があるから、この状況になるまで前線に出なかったのだ。

「なら、その万が一をここで引き当てるまでよ……ッ！」

イヴは両手に炎を漲《みなぎ》らせ、一歩前へ出て叫んだ。

元々、エレノア＝シャーレットの不死性の秘密は、本当に謎のままだったのだ。

それを調査・考察している暇も、対策している暇もなかった。

ゆえに——ここから先は出たとこ勝負しかない。

（この程度の困難、なんとかできないと、アイツに笑われるわ……ッ！）

あの男は、たとえ百回戦って九十九回負ける戦いでも、残り一回の勝利を最初に持ってくる。なら、あの男より優秀な自分は、万が一くらい引き当ててみせる——

そんな風に、意気軒昂《いきけんこう》なイヴを前に。

「うふっ、うふふふっ！　あはははははっ！　無駄なことですわ……ッ！」

エレノアが狂ったように嘲笑《あざわら》い、両手を開く。

「《おいでませ》——《嗚呼《ああ》・おいでませ》——《おいでませ》——」

酔いしれたように歌われる詠唱が、周囲に響き渡る。

「《夜霊の呼び声に・応じませ》——《応じませ》——《応えませ》——」

虚空《こくう》に開かれる門。溢《あふ》れる瘴気《しょうき》。門より現れる無数の人影達。むせ返るような死臭。

イヴの周囲に、新たな死者達が凄《すさ》まじい勢いで召喚されていく。

《最後の鍵兵団《ウルティムス・クラーウィス》》の支配運用とは術式が違うらしく、なぜかここに現れる死者は全員、女性だ。

腐り果て、醜く崩れて判別しにくいが、死者達は間違いなく全員、女性なのだ。

エレノア本来の死霊術《ネクロマンシー》によって、夥《おびただ》しい数の女性死者の群が、あっという間に、大量に出現し、イヴを隙間なく取り囲んでいく。

「そういえば、貴女って、その死霊術《ネクロマンシー》がそもそもの謎なのよね……ッ!?」

エレノアお得意の、無限の死霊術《ネクロマンシー》。

魔術の世界に無限などという概念はない。必ず等価交換だ。

何かを得れば、何かを失う——魔術の大原則である。

これも、エレノアの不死身と何か関係しているのだろうか？

そして、その死霊術《ネクロマンシー》で呼ぶ死者は……なぜ、全て女性なのだろうか？

そんな疑問を噛《か》みしめるイヴの前で。

「《彼《か》の血が肉が・汝等《なんじら》慰みたもう・潤したもう》──《いざ・いざ・召され》──ッ！」

エレノアの呪文が完成し──

四方八方から腐肉の壁が悍《おぞ》ましき奇声を一斉に上げ、まるで津波のように、イヴへと迫ってくるのであった。

「イグナイトを……舐《な》めるな！」

対し、イヴも片腕を掲げ、叫ぶ。

「《真紅の炎帝よ・劫火《ごうか》の軍旗掲げ・朱に蹂躙《じゅうりん》せよ》──ッ！」

途端、生み出される、天を衝《つ》く紅蓮《ぐれん》の炎《ほのお》。

B級軍用攻性呪文《アサルト・スペル》、黒魔《くろま》【インフェルノ・フレア】。

拡散される炎波が、まさしく津波のようになり、圧倒的超高熱と高密度をもって、迫り来る腐肉の壁を迎え撃つのであった──

――。

そして、雨が上がる。
偽りの膠着状態は――終わる。
当然、フェジテを取り囲む《最後の鍵兵団》《ウルティムス・クラーウィス》は、一斉に進軍を開始。
城壁を守る防衛隊と、鎬《しのぎ》を削る攻防が開始される。
先に、《最後の鍵兵団》《ウルティムス・クラーウィス》が城壁を破って突破するか？
あるいは先に、《最後の鍵兵団》《ウルティムス・クラーウィス》指揮者エレノア＝シャーレットが撃破されるか？
全てが、そこに収束される。

戦いは、まだ始まったばかりだ。

第四章　明日を求めて

「ついに始まりましたね……帝国の存亡を決める一戦が……ここに」

アルザーノ帝国女王アリシア七世の呟《つぶや》きが、ぼそりと零《こぼ》れた。

そこは、アルザーノ帝国魔術学院本館校舎の高層階に設けられた貴賓室。

正面に大きく開放されたテラスの向こう側に、フェジテの都市が仰望できる。

戦火の祭囃子《ばやし》に激しく爆音と喧噪《けんそう》が散華《さんげ》し、命が散り輝く壮絶なる戦場が——

各城壁で、各都市区画で、あの爆光が上がる全ての場所で。

全帝国軍将校・兵士達が、敵と壮絶な死闘を繰り広げているのだ。

アリシアは、そのテラスから見えるフェジテの姿を、ただじっと、一瞬たりとも目を離すまいと見つめ続ける。

「本当に、よろしいのですかな？　女王陛下」

すると、そんなアリシアへ、リック学院長が話しかけた。

リックは、昔愛用した魔剣を佩《は》いており、その傍《かたわ》らに彼の契約精霊である水の精霊少女セルフィを侍《はべ》らせている。

「今のフェジテに安全な場所などありませぬ。本当に『裏学院』へ避難されなくてよろしいのですかな？」

「はい。私の名において、帝国の将兵達を、若者達を、この地獄の戦場へ送り出したのです。私にはこの戦いを最後まで見届ける義務があります。逃げるわけにはいきません」

アリシアが毅然《きぜん》と答えた。

「ははは、貴女《あなた》は相変わらずな御方《おかた》ですね」

リックが苦笑いした。

「これは……大分、苦労されているようですな、エドワルド卿《きょう》？」

「ええ、まったくですよ、学院長。陛下はいつだって、頑固で、勝ち気で……」

アリシアの傍らに影のように控える老紳士――エドワルド卿が、ため息交じりに呟く。

だが、すぐに単眼鏡を押し上げ、自信をもって言った。

「ですが、我らが帝国を導く女王は、陛下以外におりませぬ」

イヴがいくら優れた指揮官とはいえ、彼女だけではこの反撃はままならなかった。

大義名分、錦の御旗――すなわち女王アリシア七世の名があったからこそ、この混沌《こんとん》の渦中《かちゅう》にあった帝国を一つに束ねることができたのだ。

「せめて、この老骨共が最後まで御身をお守りいたします、陛下」

「なあに、陛下。わしとエドワルド卿は、昔はまぁ随分と〝暴れて〟いましてなぁ？　まだまだ、若い連中には負けませんよ」

「おい、馬鹿。止めろ、リック。私の黒歴史を掘り返すな」

「《ワルドの金獅子《きんじし》》……」（ぼそっ
「やめろと言っている！」

「おや？　いつも、私に厳粛に正しくあれとお小言を零しになるエドワルド卿に、なかなか興味深い過去がありそうですね？」

「へ、陛下ぁ⁉　そ、それは……ッ⁉」

そんな風に、アリシア達が、テラスでやりとりしていると。

「くっくっく……」

室内のソファに足を組んで深く腰をかけているルチアーノ卿が、含むように笑った。

テーブルに置かれたグラスにワインを注ぎ……そのまま、きゅっと呷《あお》る。

「な、何を飲んでいるのだ、貴様は⁉」

「俺様がやるべきことは全てやった。果報は寝て待てってやつさ」

「また、貴様という男はッ！　陛下の御前ぞッ！　そもそも、今、あそこでは若者達が命をかけて戦っている最中だというのにッ！」

「いいのですよ」

早速、目くじらを立てるエドワルド卿を、アリシアが宥《なだ》める。

「ルチアーノ卿、貴方《あなた》も本当によくやってくださいました。この混乱の最中、貴方が調達してくれた物資のお陰で、こうして戦えます」

「お陰で、俺っちの『西マハード会社』は完全に傾いちまったがなぁ！　明日から、おいちゃん、屋台引くしかないなぁ！　はっはっは！」

洒落《しゃれ》にならない事態のはずだが、気にすることなくルチアーノ卿が豪放に笑う。

そう、ルチアーノ卿が経営する会社は国際企業。そして、ルチアーノ卿は円卓会のメンバーではあるが、帝国の裏社会を必要悪として牛耳る老舗マフィアの長でもある。

帝国が傾けば、ただ帝国を捨てて逃げれば良い、それだけだ。

なのに、ルチアーノ卿は、ここに残ったのである。

「ま、陛下みたいな指導者、イヴちゃんみたいな若者が大勢いる国なら、こうして先行投資しとくのは、決して悪い賭けじゃねえ。もし、この戦いに勝ったら……色々と融通利《き》かせてくれよぉ？　アリシアちゃん」

「……ええ、必ずや」

悪い顔しておどけるルチアーノ卿に、アリシアは穏やかに微笑《ほほえ》むのであった。

そして。

アリシアは、最前線に立つことが敵《かな》わぬ身ならば、せめて少しでも戦場を近くに感じようと、テラスから身を乗り出すように前へと出る。

全ての帝国民を思いながら、ただひたすら祈るように物思うのであった。

（皆さん……どうか、負けないで……お願い）


――――。


「本当にしつこいね、君は」

「あははははは♪　あっははははははははは――っ♪」

その都市区画で対峙《たいじ》するは、《法皇》のクリストフと《冬の女王》グレイシアだ。

クリストフの結界と、グレイシアの凍気の嵐が、激しくせめぎ合っている。

「こうして踊るは☆本当に久しぶり♥　もっと♪　もっと一緒に踊りましょう♪　私の愛《いと》しい人♪」

グレイシアの放つ凍気は、際限なく強まっていく。

「……ふっ」

しかし、クリストフは慌てず淡々と宝石を繰り、自分の周囲に結界を展開し――

「は――ッ！　起動！　《高速結界展開《イミッド・ロード》・薔薇輝石法陣《ロードナイト・サークル》》ッ！」

いつの間にか場に仕込んでいた、攻撃用結界を起動させる。

瞬時に、グレイシアの足元に展開される巨大な法陣。

その法陣の魔力線に沿うように、六本の薔薇輝石《ロードナイト》の赤い剣が突き立ち、高速で法陣内を疾走する。

「――ッ⁉」

四方八方から迫り来る紅の刃《やいば》に、グレイシアはふわりと後方宙返りをして、範囲内から離脱するのであった。

「……あらあら☆　ひょっとして♪　前より☆強くなっちゃってる？」

着地した建物の屋根の上から、クリストフを見下ろすグレイシア。

「以前はこれくらい寒くしたら☆　なぁんにもできなくなっちゃったのに♪」

「………………」

クリストフは何も答えない。

ただ、無言で次なる結界用の宝石を、指に挟んで取り出すだけだ。

「うふふ☆　ますます♪　私のものにしたくなっちゃった♪」

「この期に及んで、まだそんなことを言っているのか」

「もちろん！　だって、そのために、ここに来たんだもの！」

「そう」

「さぁ、勝負まだまだこれから♪　私の可愛《かわい》い☆可愛い小鳥ちゃんは♪　一体、どこまで私の愛を受け止められるかな♪　楽しみ♪　楽しみ♪」

心底嬉《うれ》しそうに笑って。

グレイシアは、己の体に刻まれた魔術刻印に魔力を通し、更なる凍気を全身から漲《みなぎ》らせる。途端、周囲の気温が一気に下がり、空気まで凍りついてキラキラ輝き始める。

渦巻き吹雪《ふぶ》く、極寒の冬の嵐。

——だが。

「レベルが低い」

クリストフは、淡々と言い捨てた。

「はい？」

「貴女はレベルが低いと言っているんだ。話にならない」

「………」

呆気《あっけ》に取《と》られて硬直するグレイシアへ、クリストフが続ける。

「はっきり言おうか。僕は君なんか眼中にない。君とは見ている物が違う。魔術は心の形を映し出す鏡。本人の心の形が、そのまま強さに直結する」

「…………」

「貴女の底はもう見えた。勝てないよ、君は。退くなら今の内だ」

すると。

「……あはっ♪」

グレイシアが笑った。心底、愉快そうに嗤《わら》った。

「小鳥さんが☆何か囀《さえず》っていますわ♪　面白い☆面白い♪　でも☆躾《しつけ》の悪い小鳥さんはしっかりと躾《しつ》けなきゃ☆　だから——お仕置き！　耐えてね♪　耐えてね♪」

その瞬間、グレイシアの全身にさらなる魔力が圧倒的に張り——

凍気が際限なく吹き荒れ、猛吹雪がその場の熱を悉《ことごと》く奪う。

気温が、下がる下がる下がる下がる下がる——

「…………」

ピンッ！

クリストフは、そんなグレイシアを前に、親指で宝石を弾《はじ》きながら言い捨てる。

「だから、レベルが低いんだ」

――――。

「はぁあああああああああああああ――ッ！」

「ぉおおおおおおおおおおおおお――ッ！」

その一角では、二人の男が激しく拳を繰り出し合っていた。

《隠者》のバーナードと、《咆哮《ほうこう》》のゼト。

刹那に数百と放たれる二人の拳と拳が、悉く激突する。

片方の拳には爆炎が、もう片方の拳には電撃が漲っており、激突の都度、壮絶な拳圧と魔力が炸裂《さくれつ》し、破壊の余波を周囲へまき散らし、建物を倒壊させていく。

世にも珍しい、魔闘術《ブラック・アーツ》の使い手同士の激突。

二人以外立ち入ることを赦《ゆる》さぬ、修羅の戦闘空間の具現。

やがて、その無限に続くかと思われた突き《ラッシュ》の応酬は、互いに必殺の意志を込めて繰り出した全霊の一撃の激突によって――切れる。

「むぅ――ッ⁉」

「ぬぅ……ッ！」

その衝撃で、両者の間合いが弾かれたように大きく開いた。

「ぜぇーっ！　ぜぇーっ！　やっぱしんどいわい、コレ！　もう歳《とし》じゃな！」

大きく肩で息を吐きながら、バーナードがぼやく。

「くくく、いいぞ……ここ大一番で往年の技のキレを取り戻したか？　《破壊魔人》」

対し、ゼトは余裕の表情だ。

「貴様が老齢に達しているのが本当に惜しい！　だが、やはり、我の相手は貴様しかおらぬ！　貴様を倒せば、我はさらなる高みへと至れる──我が研鑽《けんさん》の糧《かて》となれい！」

歓喜すら滲《にじ》ませて、ゼトが悠然とバーナードへ向かって構える。

だが──

「ふん、バカバカしいわい」

バーナードが肩を竦《すく》めて、皮肉げにぼやいた。

「なんだと……？　貴様、我を愚弄するか？」

「愚弄も何もじゃなぁ？　お主、強いやつと戦って自身の研鑽の糧としたいなら……なぁんで、あっちで戦ってる、エリエーテちゃんやリィエルちゃんに挑まないんじゃ？　あの子達の方が、こんなロートルの老いぼれより、よっぽど強いぞい？」

「……ッ⁉」

その一瞬、言葉を失い硬直するゼト。

そんなゼトへ、バーナードが実に嫌らしい顔で、煽《あお》るように畳みかける。

「なぁ？　なぁんで挑まないんじゃ？　なぁ？　なぁ？　なぁ？　お主が真なる求道者ならば、挑まずにはおられぬだろうて、勝てそうなこのわしよりも余程なぁ？」

「…………」

「言っておくが、わしがあと二十年若けりゃ、迷わず連中に挑みに行ったぞい？　間違いなく死ぬとわかっててものう？　じゃが、なぁんで、お主は挑まないんじゃ？」

「…………」

「答えは簡単じゃよ。結局、お主……自身の研鑽だなんだと偉そうに言って、本当は自身の強大な力で、自分より弱い他者を打ちのめし、見下したいだけじゃろ。

お主は、自分の強さを周囲に誇示したいだけの小物ってことじゃ。違うかの？」

「貴様……ッ！」

途端、ゼトの周囲の気温が下がり、圧が上がった。

だが、バーナードはそれをまるで気にも留めず、我が意を得たりと言い放った。

「ぎゃっはははは——っ！　まさに図星ってとこじゃなあ⁉　ちっさいのう！」

そして、悠然と拳を構える。

「この帝国宮廷魔導士団特務分室執行官ナンバー9《隠者》のバーナード。老いたりといえど、お主のような小物には、まだまだ負けんよ！」

にやりと挑発するように笑うバーナードへ。

「貴様ぁあああああああああああああああああ――ッ！」

どこか余裕をなくしたゼトが、拳を振り上げて突進していくのであった――

――――。

「ヒャハ、ヒャハハハハハハハハハハハハハハハハハ――ッ！」

フェジテ戦区E34に、耳障《みみざわ》りな哄笑《こうしょう》が響き渡っていた。

一人の外道魔術師が、天に向かって哄笑していた。

その周囲は、炎、炎、炎――全てが真っ赤に天まで燃え上がり、全てが焼け落ちる――まるで灼熱《しゃくねつ》の炎獄のようであった。

「燃えろ燃えろぉ！　お前ら全員燃えちまえぇぇぇぇぇぇぇぇぇぇぇ――ッ⁉」

「くぅううううう――ッ⁉」

「ぐあああぁぁ……ッ⁉」

その外道魔術師が巻き起こす炎嵐の中に、帝国軍魔導兵の一隊の姿があった。

全員で力を合わせて防御結界を張り、辛《かろ》うじて外道魔術師が放つ炎を防いでいる。

だが、守りに徹しているため、誰も反撃できない……そんな状況だ。

「くっ……皆、耐えろ……耐えるのだ……ッ！」

「わかってますって、隊長……ッ！」

「この程度の炎……イヴ元帥の炎と比べれば……ッ！　ごほっ！　げほっ！」

隊長の叱咤《しった》に、魔導兵達が半笑いで答える。

だが、そんな魔導兵達の健気《けなげ》に抗《あらが》う姿に。

「あぁ？　この程度の炎ぉ？　俺が、イグナイトごときのクソに劣るだとぉ？」

その外道魔術師──《火葬屋》フラメール＝ディエゴは、いたく立腹したらしい。

「この俺様が本気出したら、お前ら雑魚《ざこ》なんて一瞬で消し炭になっちまうから、手加減してやってんのに……あー、クソムカついた。もう死ねよ……ッ！」

果たしてその言葉の真実を証明するように。

フラメールの全身から、さらなる熱量と火勢の炎が、圧倒的に吹き上がった。

「……なぁ……ッ⁉」

「そ、そんな……まだ火力が上がるのか……ッ⁉」

驚愕《きょうがく》に顔を歪《ゆが》めるしかない魔導兵達。

さすがにこれ以上の出力の炎は、ひっくり返ったって防げない。

全員の顔に、はっきりと絶望が浮かんだ……その時だった。


「よく耐えたッッッ！」


ズバァッ！　天空より舞い降りた誰かが、その超高密度超高熱の炎を、〝右手〟で真っ二つに斬り裂いて吹き飛ばす。

「へっ、確かに温《ぬる》いぜ、この炎！　イヴの足元にも及ばねえ！」

炎の渦の中に現れたのは、魔導士礼服を纏《まと》い、頭髪を金と赤に染め上げた派手男だ。

その男の右腕は、複雑な魔術文字と紋様が刻まれた、異形の〝鬼の腕〟である。

そんな〝鬼の腕〟を持つ男の名は――

「帝国宮廷魔導士団第一室室長――クロウ千騎長ッ⁉」

魔導兵達の歓喜の声を背に受け、クロウがフラメールへ一気に駆け出す。

「ベアッ！　援護しろ！　速攻でカタす！」

「ういっす、先輩ッ！」

獣じみた圧倒的速度で駆け抜けるクロウへ、同じく後方に現れていた第一室メンバー、ベアが呪文を素早く唱える。

すると、途端、クロウの身体《からだ》が光に包まれ——

「小賢《こざか》しいぜ、クソ雑魚がぁあああああああああ——ッ⁉」

フラメールが放った、コレまでとは次元の違う火力の炎が津波となって、突進してくるクロウを呑《の》み込むのであった。

「ヒャハハハハハ——ッ！　馬鹿が！　舐《な》めやがって⁉　俺の炎は、並大抵の対抗呪文《カウンター・スペル》なんか目じゃねえんだよッ⁉　そのままテメエはもう骨の欠片《かけら》まで——ッ！」

だが、次の瞬間。

ズボォッ！　と。

クロウが、あの分厚い炎の壁を抜け、フラメールへと肉薄し——

「——一生寝てろ、クソ外道が！」

〝鬼の腕〟を一閃《いっせん》。

不穏な魔力——否、妖力が、鬼神のような存在感で漲《みなぎ》る〝鬼の腕〟は、呆気なくフラメールの胴を上下に寸断して、吹き飛ばす。

「──がっ⁉　ば、馬鹿……な……ぐふっ……」

フラメールが即死した途端、その戦区に燃え上がる炎は、まるで蝋燭《ろうそく》を吹き消したようにおさまるのであった。

「一丁上がりっとぉ！　ふぅぃ～……助かったぜ、ベア」

「ったく……俺って本来、脳筋なのに、先輩が俺以上の脳筋なもんだから、こんな小技ばっか上達しちまいましたよ。クリストフが見たら笑うだろうなぁ」

ベアが苦笑いしながら、クロウに三重にかけた【トライ・レジスト】を解呪《ディスペル》する。

即興改変で、炎熱耐性にのみ特化させたレジストを瞬時に三重がけ……これはこれで超一流の技だ。

「た、助かりました、千騎長……ッ！」

九死に一生を得た魔導兵達の隊長が、クロウへ礼を言う。

「礼なんかいらねぇ！　同じ戦場に立つ以上、助け、助けられは当たり前だ！　それよりもまだ何一つ終わってねぇ！　お前らは他の戦区の友軍援護に急げ！」

「「「は、はいっ！」」」

こうして、また一つの戦場が終わって。

また新たな戦場を求め、帝国軍達は動き出す──

――――。

キィン！

フェジテ戦区Ｉ９。

噴水広場が築かれているその場所で、たった今。

刹那に二つの影が神速ですれ違い――交錯した。

次の瞬間、二つの影はピタリと制止し、互いに剣を振り抜いた格好で、背中合わせに残心している。

一人は外道魔術師。

裃《かみしも》に袴《はかま》――所謂《いわゆる》、東方の侍姿だ。その背中には六本の異形の腕があり、総計八本の腕がそれぞれ大刀を握っている。

対し――もう一人は帝国軍魔導士。

特務分室礼服に身を包んだ、小柄な少女――《運命の輪》のエルザだ。

居合抜きした刀を右手に持ち、真っ直《ます》ぐ伸ばしている。

両者の間に、しばしの沈黙が流れ――

やがて、エルザがぼそりと呟《つぶや》いた。

「天の智慧《ちえ》研究会外道魔術師《魔剣豪》キョウシロウ――討ち取りました」

「……見事、だ」

侍姿の外道魔術師――キョウシロウも、ぼそりと呟いて。

やがて……ぽとり、ぽとり、と。

切断された、腕が、一本、二本、三本、四本……と、落ちていって。

やがて、最後に頭部が、すぅ、と横にずれるように落ちて。

キョウシロウの身体は、その場に、どう、と倒れ伏す。

一体、いかなる禁忌の身体改造魔術を自身に施していたのか？　キョウシロウの身体は塵《ちり》と化して消滅していくのであった。

「……くっ……か、勝った……なんとか……ッ！　髪一重だった……ッ！」

がくり、と。エルザが脱力し、その場に膝をつく。

よくよく見れば、全身が斬痕だらけで血塗《ちまみ》れだ。どの手傷も決して浅くない。

手当と休息が早急に必要だ。

だけど――

「次の……戦場へ……ッ！」

エルザは、膝を叱咤しながら立ち上がり、ちらりと明後日《あさって》の方向を見る。

その方角から金色の光の炸裂《さくれつ》が上がり、その都市区画がバラバラに砕け、倒壊を始めていく。

「……リィエルが……戦ってる……ッ！　私も戦わなきゃ……ッ！」

そう叫んで。

たっ！　エルザが足音軽く駆け出す。

自分はリィエルの力にはなれない。エリエーテとの戦いに割って入れない。

ならば、せめて。

リィエルが心おきなく戦えるよう、その周囲の露払いを務めるだけ。

その一心で――エルザは戦場を求め、フェジテを駆け回り続けるのであった。


――――。


『フゥ――ハハハハハハハハハハハハハッ！　見たか!?　我が力の粋ッ！』

とある戦場に、哄笑が響き渡る。

その主は、魔術学院の天才魔導工学教授オーウェル＝シュウザーだ。

彼は、人の身の丈の倍ほどもある巨大な魔力駆動式外装鎧《よろい》を纏い、眼下で恐れ戦《おのの》く外道魔術師達を睥睨《へいげい》していた。

魔力駆動式外装鎧とは、魔導人形工学技術を応用した大型機械甲冑《かっちゅう》であり、術者は甲冑の内部へ搭乗して操縦することで、比類無きパワーと機動力を発揮できる。

まさに戦場の巨神とも呼べる決戦魔導兵器なのだが……その姿は、直方体の寸胴に細い手足、円筒形の頭部に三角の目鼻、申し訳程度の後頭部の尻尾髪……いかにも、そこら辺のガラクタで作りました感のあるポンコツだ。

そう、以前の《炎の船》事変で活躍したグレンロボと、まるで同じデザインであった。

生と死の狭間《はざま》たる戦場には、あまりにもミスマッチな、ふざけた見てくれの魔力駆動式外装鎧ではあるが――

それが恐ろしく堅く、速く、そして、強い。

『〝バカ騒ギハ、シマイニシヨーゼェエエエエエエエエ――ッ！〟』

オーウェルの駆る魔力駆動式外装鎧は、ローラーダッシュによる剛速移動から、なぜか謎のボイスをいちいち発生させながら、パンチやキックを繰り出す。

「ぐわぁあああああああああああああ――ッ!?」

「こ、この俺が……こんなダサいやつに……ッ!?」

また、運の悪い哀れな外道魔術師二人が、為《な》す術《すべ》もなく撃破される。

『フゥ――ハハハハハハハッ！　そこの友軍兵士諸君！　もう大丈夫だッ！　ここはこの天才ォッ！　オーウェル＝シュウザーに任せるがいいッッッ！』

「「「…………」」」

その時、そんな光景を遠巻きに見守っていた帝国軍兵士達は皆、こう思っていた。

即《すなわ》ち――〝助かったし、感謝もしてるけど、なんか嫌だ〟、と。

――――。

――一方、フェジテの城壁では。

ついに一斉大攻勢を開始した《最後の鍵兵団《ウルティムス・クラーウィス》》が、城壁上の防衛隊と一大決戦を繰り広げていた。

フェジテをすっかり取り囲むように展開された《最後の鍵兵団《ウルティムス・クラーウィス》》が群を成して押し寄

せ、フェジテの城壁へと取りついてくる。

そして、その城壁を乗り越えようと、わらわらと城壁面をよじ登ってくる。

上空から見れば、その様はまるで砂糖菓子に群がる蟻《あり》の大群のようだ。

そんな悍《おぞ》ましき死者の軍勢へ、城壁防衛隊の魔導兵達は、ひっきりなしに攻性呪文《アサルト・スペル》を放ち、片端から撃ち落としていく。

城壁のどこか一部からでも突破されてしまえば、そこから一気に崩される。

だが、敵の攻勢が尽きる気配は、まるでない。

そんな、終わりの見えない壮絶な消耗戦が展開されていく。

そして——そんな城壁の、とある一角。

アルザーノ帝国魔術学院から選出した学徒兵を中心に組まれている、防衛線にて。

「「「《猛《たけ》き雷帝よ・極光の閃槍《せんそう》以《もっ》て・刺し穿《うが》て》——ッ！」」」

ギイブルやカッシュ、ウェンディといった学徒兵達が戦列を組んで城壁上に並び、壁面を登ってくる眼下の死者達へ、攻性呪文《アサルト・スペル》を斉射して叩《たた》き落《お》としていた。

「第二列は下がりなさい！　第三列前へ！　まだ撃ってはなりません！　ギリギリまで引

きつけて！」

その場の学徒隊の総指揮を執るのは、生徒会長リゼだ。

リゼの号令で、カッシュ達第二列に代わり、第三列――テレサやセシル、カイにロッド達が城壁上で戦列を組み、眼下へ向かって杖《つえ》を構える。

一方、ジャイルにコレット、ジニーといった、接近戦が得意な生徒達は――

「だぁあああああああああ――ッ！」

「うぉおおおおおおおお――ッ！」

「ふ――ッ！」

重力操作魔術をその身に付呪《エンチャント》し、重力ベクトルを垂直から水平に変化させて、城壁面を足場に、縦横無尽に駆け回っている。

彼らの大剣が、拳が、短剣が、城壁面に張り付いている死者達を、片端から打ちのめしていく。

攻撃を受けた死者達は、通常の重力に捕まり、そのまま落下していく――

「――白い天使《マルアハ》ッッッ！　行って！」

フランシーヌのマルアハ召喚魔術も、この状況では貴重な戦力だ。

フランシーヌが遠隔操作する白い天使《マルアハ》は、城壁付近を自在に飛び回り、細剣《レイピア》で壁面をよじ登る死者達を遊撃し、落としていく。

「ふっ……《吼《ほ》えよ炎獅子《えんじし》》ッ！」

「《氷狼の爪牙《そうが》よ》――ッ！」

一方、レヴィンやハインケルといった生徒離れした高火力を誇る生徒達は、特別に隊列から離れ、独自の判断で広範囲攻性呪文《アサルト・スペル》を放ち、死者達を焼き払っていく。

「ぜはぁーっ！　ぜはぁーっ！　くそぉ、落としても落としてもキリがないぜ！」

「まったくですわ……ッ！」

最前列で魔術を撃ち尽くして戦列を離れたカッシュやウェンディ達は、一旦、後ろに下がって、その場にへたり込んだ。

「まかせろっ！」

「貴方《あなた》達は補給を！」

そんなカッシュ達の傍《そば》を、一組のクライスやエナといった他学級の生徒達が、慌ただしく過《よぎ》り、新たな戦列を形成する。さっきまでのカッシュ達と同じように、眼下の死者達に向かって魔術攻撃を開始する。

そして、疲れきったカッシュ達の下に――

「みんな、お疲れ様！　これを！」

「どこか怪我《けが》をしていたら言ってくださいね！　治しますから！」

同じ二組のリンや、クライトス校のエレンがやって来て、魔晶石を配り始める。

この魔晶石には予備魔力が蓄えられており、握りしめれば、失われた魔力を補給することができるのだ。

「リゼの爺《じい》さんが用意してくれたやつだっけ？　助かるぜ！」

「ありがたく使わせてもらいますわ……」

カッシュ達はその魔晶石を握りしめ、とりあえず一息吐《つ》くのであった。

そして、周囲を見回す。

その一帯の城壁防衛線は、主にアルザーノ帝国魔術学院の学徒兵で構築されている。

見れば、アルフ、ビックス、シーサー、ルーゼル、アネット、ベラ、キャシー……二年次生二組の生徒達が、皆、必死に戦っている。

自分達のクラスメートだけではない。学院の多くの生徒達が、今は先輩も後輩も関係なく、必死に戦っているのだ。

「俺達も早く、戦線に戻らねえと……ッ！」

「焦《あせ》るなよ。中途半端《ちゅうとはんぱ》な回復状態で戻っても、皆の足を引っ張るだけだ」

「わ、わかってるけどよぉ……ッ！」

ギブルに冷たく窘《たしな》められ、カッシュは頭を掻《か》きむしる。

そして、苛立《いらだ》ち交じりに横を向き、ついにもう我慢ならないとばかりに、その人物へ向かって吼えかかった。

「って、アンタはこんな状況で、一体、何をやってるんだよ⁉」

見れば、その人物は、城壁城塔の壁に背を預けるように座り込んで、古めかしい本を開き、ひっきりなしに羽根ペンで何かを書き込んでいる。

「見てわからないのか？」

そんな不審すぎる男——アルザーノ帝国魔術学院考古学教授フォーゼルが、ギロリとカッシュを睨《にら》んで言った。

「『ル・カイエ遺跡の回廊文書写本』……これを解読してるんだ」

「なんで⁉」

「あのポンコツ図書館で、こんなレアな掘り出し物を偶然、見つけてしまったからな。魔導考古学者として挑まずにいられん」

「そういう意味じゃねえよ⁉　ここをどこだと思ってるんだよ⁉」

「フェジテの城壁だろう⁉　そんなこともわからないのか、君は⁉」

「だからそういう意味じゃねえよ⁉」

「知るか！　それよりお前達、うるさいぞ！　さっきから、ひっきりなしにバカスカ攻性呪文《アサルト・スペル》撃ちまくりやがって！　気が散るだろう⁉　馬鹿なのか⁉」

「なんで俺がキレられてるの⁉」

——と、そんな時だった。

どっ！　その城壁防衛線の一角が急に騒がしくなる。

「と、突破されたぞぉおおおお——ッ⁉」

上がる悲鳴に、はっと、全員が目を向ければ。

「「「ガァアアアアアアア——ッ！」」」

ついに城壁を登りきった死者達が十数匹、城壁上空間に雪崩《なだ》れ込んできていた。

死者達に追い立てられ、その持ち場の生徒達が、バラバラと逃げてくる——

「しまった⁉　くっ……」

「や、やべぇ！　早く対処しねえと……ッ！」

手の空いている生徒達や魔導兵達が、城壁を越えて侵入してきた死者達を、なんとか追い返さんと動き始めた……その瞬間。

「う・る・さぁあああああああああああああああああいッ！」

ボグシャ――ッ！　と、疾風一閃《いっせん》。

悉《ことごと》く空を舞って、城壁外へパラパラと落下していく死者達。

目にも留まらぬ速さで城壁上を駆け抜け、死者達を拳の一閃で全員吹き飛ばした、その男は――

「あ、あれ……？」

「フォーゼル先生……？」

「……ふん」

見事、戦線崩壊を防いだフォーゼルは、鼻を鳴らしてその場に座り込む。

「くそっ！　ちょうど、何かを閃《ひらめ》きかけたところだったのに……ッ！　ここの一文の翻訳、また一から考え直しじゃないか……ッ！　ぶつぶつ……」

そして、また本を開き、翻訳作業に没頭し始めるのであった。

本当に戦う気がなければ、どこかへ行けばいいだけなのだが、フォーゼルは頑《かたく》なに生徒達の戦場から離れようとはしなかった。

「いざという時は、頼りにしてもよろしいのでしょうか……？」

「どうかな……？　あんまアテにしない方がいいと思うけど……」

そんなフォーゼルの様子を、ウェンディとギイブルは、ジト目で見るのであった。


────。


フェジテ都市内のとある一角。

戦線より離れた区画に設けられた仮設野戦病院は、まさに阿鼻叫喚《あびきょうかん》の地獄絵図だった。

そこにはひっきりなしに、戦線から送られてきた負傷兵達が運び込まれてくる。

最早《もはや》、用意していた簡易寝台の数はとっくに足りない。無造作に転がされて、魚市場のマグロのように並べられた負傷兵で、そこは足の踏み場もないほどだ。

「い、痛ぇ！　痛ぇよぉおおおお──ッ！」

「俺は、もう……駄目だ……殺して……くれ……」

「しっかりしろぉ！　バカ野郎ッ！　死ぬなぁ──ッ！」

怒号と喧噪《けんそう》、悲鳴と絶望、誰かが転げ回って暴れる音——この生と死の狭間《はざま》に、様々な感情と音が嵐のように渦巻いている。

そんな混沌《こんとん》の渦中《かちゅう》——

「大丈夫です！　貴方はまだ助かります！　《慈愛の天使よ・彼《か》の者に安らぎを・救いの御手を》——ッ！」

アルザーノ帝国魔術学院の法医師セシリア＝ヘステイアは、軍の法医兵達と一緒に、瀕《ひん》死《し》の負傷兵達を法医呪文《ヒーラー・スペル》で必死に癒《いや》し、救い続けていた。

「セシリア先生！　こっちお願いします！　大変危険な状態ですッ！」

「そ、その人は……負傷深度五ッ!?　くっ！　すぐに三番儀式場の準備をッ！　五分後に処置に向かいます！」

「「「はいっ！」」」

息吐く暇もなく、負傷兵を癒し続けるセシリア。

癒したところで、兵士は戦線へ復帰し、そして、また傷ついて、ここに戻ってくる。

あるいは——もう、ここにすら戻ってこない。

（私のやっていることは……ッ！）

ある意味、人を殺しているのとまったく変わらないのだ。

人を救う治癒魔術の矛盾と闇――『戦場で傷ついた兵士を、いかに早く戦いに復帰させるか』というコンセプトから始まった、軍用魔術の一種だという事実。

それを今、セシリアは痛いほど実感していた。

(でも……それでも……ッ!)

セシリアは兵士達を癒し続ける。心を鬼にして癒し続ける。

自分が癒したことで、死に向かう人達を癒し続ける。

(もう二度と……こんな悲しいことが起きない世界を作るためにも……未来のためにも……今は……ッ!)

後に、誰一人振り返ることのない、孤独な戦い。孤独な戦場。

だが、セシリアの戦いは、戦場は、まさしくここであった――

――。

戦っている。

誰もが、戦っている。

都市内で、城壁で、様々な形で。

燃えて焼け落ちていく破滅のフェジテの中で、誰もが命を燃やして戦っている。

敵も味方も、ボロボロと死んでいく。

一方的な破滅と滅亡が帝国を蹂躙《じゅうりん》する短期戦かと思いきや、蓋を開けてみれば、あったのは壮絶な消耗持久戦だ。

戦況は、完全に拮抗《きっこう》・膠着《こうちゃく》している。

だが、この終わりの見えぬ戦場は、しかし——とある三つの要素の上に、際《きわ》どいバランスで成り立っている。

アルベルトの戦い。

リィエルの戦い。

そして、イヴの戦い。

その三つの要素のどれかが決すれば、場の趨勢《すうせい》は一気にどちらかへと傾く。

だが、この歴史の分水嶺《ぶんすいれい》が、一体、いかなる潮流を形作るのか。

それはまだ、誰も知るよしがないのであった——

終章　5854年後のお前らへ

無数の悪魔が迫り来る。

首のない馬を駆る騎士、百億の蝗《いなご》、巨大な蝿《はえ》、双頭の山羊《やぎ》、巨大な蛇、怪しいほどの絶世の美女、燃え盛る何か、氷でできた巨人、黒い翼の天使、人面鳥、蜘蛛《くも》に乗った老人、青ざめたる馬、紅蓮《ぐれん》の豹《ひょう》、髑髏《どくろ》の黒騎士、空を飛ぶ犬、骨の竜、三つ首の男、鉄の雄牛、美しき貴公子、百面の怪物、千の目を持つ形容し難《がた》い何か――……

悪魔。悪魔。無数の悪魔が迫り来る。

その様は、まるでサバトだ。

悪魔とは本来、病や災厄、死など、人が深層意識下で本能的に恐れる〝恐怖や絶望の概念〟が逸話を得て、形をとって受肉具現した概念存在だ。

つまり、存在そのものが人間の天敵である。人間は悪魔に勝てない。

そのような悪魔が群をなし、鉄砲水のように奔流して迫り来るその光景は、まさに終末――黙示録の体現だ。

多種多様な姿形を取る悪魔達が、濃密な闇を纏《まと》いて群を成し、押し寄せてくる。

その一体一体が、単騎で街一つ滅ぼすほどの力を持ち、神話や物語で、英雄の最後の戦いの相手を務めるネームドの大悪魔だ。

そんな絶望の光景を前に。

その男——アルベルトはただ一人、毅然《きぜん》と佇《たたず》み、見据え、呪文を唱えていく。

「《雷光の戦神よ・其《そ》の猛《たけ》き怒りを振るい・遍《あまね》く全てを滅ぼせ》」

黒魔《くろま》【プラズマ・カノン】。

その左手から放たれる極大収束雷撃砲が、迫り来る悪魔の軍勢を真っ向から捉える。

通常、悪魔という概念存在に、このような物理的破壊呪文は通用しない。

しないはずなのだが——

ギャアアアアアアアアアアアアアアア——ッ!

キシャアアアアアアアアアアアアアアアアアアア——ッ!

Zasxwdcefvrbgtnhyjmk，l．；／〜ッ!

大悪魔達が、奇怪な断末魔の叫びを上げて消し飛ばされていく——

「《金色の雷獣よ・地を疾《と》く駆けよ・天に舞って踊れ》ッ！」

さらに、アルベルトが腕を振るって呪文を放つ。

荒れ狂う稲妻の乱舞が、悪魔達を消し飛ばす、消し飛ばす、消し飛ばす——

「ほうほう」

そして、悪魔達と戦うアルベルトの姿を、パウエルは感心しながら見つめていた。

「やはり……その〝右眼《みぎめ》〟……厄介ですなぁ」

アルベルトの〝右眼〟——悪魔達を鋭く見据える鷹《たか》のような眼《め》が、金色に燃えている。

アルベルトが〝右眼〟で見つめるその全ては、まるで滅びの運命を与えられたかのように、脆《もろ》く崩れていくのだ。

本来、滅びぬ物が、滅ぼせぬはずの物が滅んでいくのだ——

固有魔術《オリジナル》【選理眼《リアライザー》】。

アルベルトは、その術にそう名付けた。

アルベルトの魔術特性《パーソナリティ》【事象の観測・理解】を十二分に活用して作り上げた、その眼の機能は、単純明快《シンプル》。

眼前の存在、眼前で発生するあらゆる事象を観測し、理解する……それだけ。

悪魔などの概念存在が、なぜ、通常、人間に破壊し得ない存在なのかと問えば、それは、〝その本質が決して人に理解し得ないもの〟だからだ。

人は、認識と理解を通して世界を知覚し、世界を形作る。

理解し得ないものは、その人の世界から、人の理から弾《はじ》かれ、その外側に置かれる。

人知の及ばぬものという、世界律法《ルール》が概念存在達の人の手による干渉と破壊を拒む。

だからこそ、元来、悪魔祓い《エクソシスト》とは概念的な手法と魔術でしか成し得なかった。

だが、アルベルトの【選理眼《リアライザー》】は、本来、人の理解し得ぬ概念存在を理解する。世界の律法ではなく、人の律法の上に存在する事象にまで落とし込む。

ゆえに──破壊が可能となる。

〝幽霊の正体見たり、枯れ尾花〟

あるいは。

〝怪物は理解の及ばぬ者であるがゆえに怪物。理解されれば、その資格を失う〟

科学の進歩が、世界から少しずつ神秘と神性を奪っていったように。

アルベルトの〝右眼〟は、概念存在、あるいは人外の怪物──そういった、予《あらかじ》め人を超えた規格として存在する人外の強大な存在に対する、人の反逆《アンチテーゼ》の刃であった──

「なるほど、なるほど……」

パウエルが、悪魔達を片端から屠《ほふ》り続けるアルベルトへ向かって、左手を構える。

そして、何か得体の知れない呪文を唱えた。

すると、パウエルの周囲に、禍々《まがまが》しい紋様の魔術法陣が次々と、不穏な魔力を駆動させながら浮かび上がる。

それらは、古代魔術《エインシャント》と呼ばれる高位魔術。

近代魔術《モダン》では、決して干渉が不可能とされる強力無比な魔術。

だが、それを――

「……〝視《み》えてる〟」

アルベルトが、金色に燃える鷹の瞳で一睨《ひとにら》みして。

ピッ！　と指を動かした、その瞬間。

パァン！

パウエルが展開していた魔術法陣は悉《ことごと》く破壊され、魔術式は霧散するのであった。

「ほほう、これはこれは……ならば」

自身の魔術を崩されたパウエルの姿が——消える。

刹那、アルベルトの懐《ふところ》にまるで滑り込むように、入っていて——

「ふ——」

パウエルは、神速を超えた魔速の突きを繰り出した。

拳が螺旋《らせん》を描くように空気の壁をブチ抜き、アルベルトの胸骨を粉砕せんと、真《ま》っ直《す》ぐ突き進み——その拳打の速度は、最早《もはや》、人の反射速度を数段超えている。

ゆえに、生物学的に回避不可能。

だが——

「……〝視えてる〟」

アルベルトは、そのパウエルの拳に、カウンターの回し蹴りを合わせていた。

ちっ、とアルベルトの髪が数本、宙を舞って。

がんっ！　刹那、旋風のような蹴撃が、パウエルの側頭部を容赦なく捉える。

その威力で、パウエルの身体《からだ》は大きく後方へ吹き飛ぶ。

だが、首がもげ飛びかねないその一撃を受けて、パウエルは——

「ほう？」

空中で、ひらりと体勢を立て直し……ふわりと着地。

衣服の埃《ほこり》を払い、首を鳴らしつつ、余裕一つ崩さず言った。

「実に素晴らしい。魔力の流れ、魔術式……そういった霊的なものから、動作の流れ、物理的な現象に至るまで、全てを観測し、理解し、対処してしまいますか……いやはや、貴方《あなた》の〝右眼〟は一体、どこまで見通すのですかな？」

「世界の果てまでだ」

「成る程。しかし、人には領分というものがあります。貴方の〝右眼〟は、人の領分をあまりにも超えている」

パウエルが痛ましそうに、頭《かぶり》を振った。

「予言しましょう。死にますよ？　アベル。その〝右眼〟は、貴方を殺す蝋《ろう》の翼だ」

「俺は死なん。……約束したからな」

そう言い捨てて。

アルベルトが左手を突き出し、迫り来る悪魔達を指差し──雷閃《らいせん》を放つ。

『七星剣』──黒魔【ライトニング・ピアス】の七射同時起動《シンクロノス・ブート》。

放たれた七射の雷閃が、それぞれ変幻自在な高速軌道を描いて、虚空《こくう》を駆け流れて。

無限に折り返し、反転し、翻《ひるがえ》って。

迫り来る悪魔達を悉く突き刺し、突き刺し、突き刺しまくるのであった。

アルベルトとパウエルの戦い。

世界最高峰の魔術戦は、まだ始まったばかりだ――

――。


激突する剣戟《けんげき》が咆哮《ほうこう》する。

二つの金色の斬撃が、絡《から》み合《あ》い、弾き合い、削《そ》ぎ合い、撃ち落とし合い、交差し――無限に絡み合っていく。

激突の都度、特殊干渉作用で発生する壮絶な可視閃光《せんこう》が爆《は》ぜ、世界を白く白く燃え上がらせる。

発生する剣圧がやがて逃げ場を失って渦を巻き、嵐となり、近付いただけであらゆる物を粉砕にする、地獄の極限戦闘空間を生み出している。

そんな外部からの干渉を許さない修羅界の渦中《かちゅう》にて。

「…………」
リィエルは――無言で大剣を振り続けている。

余裕の表情で剣を振るうエリエーテへ踏み込み、一心不乱に大剣を繰り出していく。
「……ふっ！」
エリエーテが跳躍する。
刹那、リィエルの金色の剣閃《けんせん》が、その背後の建物を割る。
刹那の刹那、エリエーテが空中で剣を振るう。
さらなる刹那、リィエルが横へ飛び転がり、その場所が割れる。
「――ッ！」
転がる勢いで素早く起き上がり、エリエーテの着地の隙を狙って、金色の剣閃を放つ。
空間をひた走る、圧倒的な光。
だが、エリエーテも剣を優雅に振り下ろし、金色の剣閃を放つ。
虚空で交錯する剣閃と剣閃。
炸裂《さくれつ》、衝撃、閃光。
巻き起こる衝撃波に、両者が吹き飛んでいく。
上がる壮絶な砂塵《さじん》が、その場を四方八方に吹き抜けていく。
ざ――ッ！
リィエルとエリエーテの二人は、靴底で地面を削りながら下がり……やがて、止まる。

殺陣《たて》が切れる。

「…………」

「…………」

びゅごお、びゅごお……

周囲に吹きすさぶ剣圧の嵐はそのまま、互いに無言で対峙《たいじ》する。

リィエルは呼気を整えながら、その虚《うつ》ろな目でエリエーテだけを見つめ続ける。

それは一見、互いに一歩も引かぬ互角の戦い。

両者の力は完全拮抗《きっこう》し、勝負はどちらに転ぶかわからない……傍《はた》から見る者がいれば、誰もが間違いなくそう評しただろう。

だが——

不意に、エリエーテが剣先を落とし、ぼそりと言った。

「……がっかりだ」

心底、失望したように、そう言った。

「リィエル……キミには本当にがっかりしたよ」

「…………」

聞かず、無言で大剣を構え続けるリィエルへ、エリエーテが言葉を続ける。

「ボク、言ったよね？　【孤独の黄昏《トワイライト・ソリチュード》】は、自分自身を一振りの剣と成す剣戟の極地だって」

「………」

「だけど、キミは剣という機能に徹するに、あまりにも〝余計〟なものが多い……〝なまくら〟だって」

「………」

「だから、ボクは期待していたんだよ……キミが、どれだけ自分の〝余計〟を削ぎ落として……人間性を捨てて、一振りの剣として仕上げてくるんだろうって……本当に、本当にわくわくしていたんだ……完成したキミと剣を交えるのをさ……」

「………」

「実際、キミのその奈落の底のような目……あまりにも人間味を外れた佇《たたず》まい……キミがボクと同じ領域に来たんだって……ボクは最初、嬉《うれ》しかった。

なのに──本当は、キミ……〝何も捨ててない〟ね？」

すると、戦い始めてからこれまで、一言も言葉を発しなかったリィエルが、ここで初めて口を開いた。

「わたしに〝余計〟は何もない」

「……ッ⁉」

「あなたが言う〝余計〟なものは……わたしにとって、すごく大事な物。グレン、ルミア、システィーナ……学院の友達……特務分室の仲間……魔術学院……フェジテ……全部、全部、わたしにとって大事なもの。切り捨てられるような〝余計〟なものなんて、何一つない」

「…………」

「守る。それが、わたしが剣を振る理由。わたしは剣じゃない。リィエル＝レイフォード……人間だ！」

そんな風に、毅然《きぜん》と言い放つリィエルを前に。

「……はぁ〜〜〜〜〜〜〜……くっだらな」

エリエーテが、がっくりと肩を落としてため息を吐《つ》いた。

「〝なまくら〟なキミがどうしてボクに、これまで食らいつけたか、やっとわかった。……キミ、ただ、ボクとの戦いだけに〝没頭〟していたんだね？」

「…………」

「超一流の剣士なら、実際に相手と剣を交えなくても、脳内で鍛錬できる。イメージトレーニングってやつだ。

キミはボクに倒されて以来、ずっと、ずっと、イメージの中でボクと何千、何万、何億と剣を交えて、ただボクとの戦いだけに特化してきたんだね？　他の何もかもが、眼中になくなるくらいに」

「………………」

「そして、今もこうして剣を交えながら、脳内でイメトレを繰り返し、ボクへ対抗する剣技を練り上げている……道理で、ボクしか見えてないような、そんな目になるわけだ……本当、勘違いしてた……」

すっと、エリエーテが剣を掲げ──地面に叩《たた》き付《つ》ける。

ごっ！　金色の剣閃が世界を割った。フェジテが衝撃で上下に振動した。

「くだらないよ！　そんな小細工をするなら、どうして切り捨てないんだ⁉　ボクはキミと戦うため、さらに〝捨てて〟来たのに！」

表情に怒りすら浮かべながら、エリエーテが吼《ほ》えた。

「その領域に達した剣士なら……できるはずだ！　己の心と向き合い──己に不必要な物を切り捨てることが！　ううん、それだって本当なら生温《なまぬる》い！

実際に、実物を斬って捨ててみなよ⁉　キミの周りの余計な物をさ！　その大剣でスパッ！　と斬っちゃえばいいじゃないか⁉　そうすれば、きっとキミは──……」

「しつこい。さっきも言った」

リィエルが大剣を深く、低く構える。

その奈落のような目は——確かに人間味を感じさせなかったが。

何か大切な物を、ずっと一途《いちず》に見据え続ける、とても純粋無垢《むく》な色にも見えた。

「わたしに不必要なものなんか、何もない！　ぜんぶ、ぜんぶ、わたしの大事な宝物！

わたしは守る……みんなを！　フェジテを！

それを失うくらいなら……【孤独《トワ》——なんとか、なんてくだらない剣いらない！　剣先にあんな変な光……いらない、いらない！」

すると。

「…………」

エリエーテはしばらくの間、そんなリィエルを無言で見つめて。

やがて、ぼそりと言った。

「……キミはもう、ボクには勝てない」

「！」

「ハッタリじゃないよ？　ただの事実だ。今……キミは、ボクに対する唯一の勝機を、自分から放棄したんだ……わかるかな？」

「わからない。どうでもいい」

「本当にバカだよ、キミ」

そう残念そうに言い捨てて。

エリエーテが、剣を鋭く振るった。

当然、その先から発生するのは、全てを灼《や》き斬り尽くす眩《まばゆ》い金色の剣閃。

「いいいいいやぁああああああああ――……」

リィエルはそれを撃ち落とそうと、金色の剣閃を放つ。

再び、凄絶に交錯する二つの光の剣閃。

フェジテを震わせ残響する、衝撃音。

世界が、眩い金色に染まっていき――

リィエルとエリエーテの戦い。

史上最強の剣士同士の剣劇は、いかなる結末をもたらすのか――

――。

「はぁああああああああああああああ――ッ！」

イヴが炎を振るう。振るい続ける。

手を伸ばして迫り来る女性死者の群を――片端から焼き払い続ける。

上がる火勢は天を焦がさんばかりに吹き上がり、火葬で送られた死者達の断末魔の叫びは留まることを知らない。

「あっはははははははッ！　あっはははははははははははははははははは――ッ！」

炎の爆《は》ぜる音に、エレノアの哄笑《こうしょう》が響き渡る。

その哄笑に応じるように、召喚法陣が展開され、さらなる女性死者達が、織りなすように出現する。

一が十、十が百、百が千となり――腐肉の津波を形成して、押し寄せてくる。

本当に、きりがなかった。

「く――ッ！」

イヴがさらに、超高熱の炎を振るう。

上がる紅蓮《ぐれん》の熱波。

死者達を燃やす。燃やす、燃やし尽くす――

イグナイトの秘伝【第七園】。その一帯はすでに、イヴの支配領域下にあり、この領域にいるイヴは、事実上、世界最強の魔術師である。

だが、いかに最強といえど、相手が不死身で底なしとなれば、分が悪かった。

「……くっ……」

イヴが悔しげに歯嚙《はが》みする。

「おやおや、どうしましたか？　もう終わりですか？　クスクス……」

死者の群ごと、骨まで燃やし尽くしてやったはずのエレノアが……荒い息を吐くイヴの前で、みるみるうちに再生していく。

まったく、ダメージや消耗の欠片《かけら》も見えない、エレノアの姿に。

ほんの少し。

ほんの少しだけ……イヴの心のどこかに、弱気が差す。

勝てるのか？

本当に、エレノアを倒せるのか？

だが、そんな弱気を叱咤《しった》するように。

心を熱く燃え上がらせるように。

「ぁああああああああああああああああああああああああああ――ッ！」

イヴは吼え、爆炎を巻き上げて、手を伸ばして迫る死者達を吹き飛ばすのであった。

「やってやるわ……ッ！　私だって……ッ！　アイツみたいに……ッ！」

イヴの知るあの男は、いつだって、格上相手に絶望的な戦いをしていた。

それを思えば、この程度――

いつになく、心と魂を燃やして。

イヴは、炎を振るい続けるのであった――

そして――

――。

――。


――5、8、5、4年前。

正義の魔法使いと魔王の最終決戦地――メルガリウスの天空城。

時天神秘と空天神秘――文字通り異次元の戦闘空間が展開される、その場所にて。

繰り広げられる、セリカと魔王ティトゥスの戦い。

応酬するは、超絶的な神秘の数々。

時間が狂い、空間が拉《ひしゃ》げ、星々が墜《お》ち、物質が消滅し、概念が改変され、宇宙の法則が乱れる――そんな想像を絶する魔術戦が展開される最中。

「終わりだよ、空《セリカ》ッ！」

「――ッ⁉」

セリカの一瞬の隙を突き、魔王がセリカの懐《ふところ》に入った。

魔王とセリカの間に存在する空間を、削り取って繋《つな》げたのだ。

そして、魔王があらゆる存在を空間ごとえぐり取る右手を、隙を突かれて無防備になったセリカへ容赦なく繰り出す。

防御不能、回避不可能な一撃がセリカを襲う。

「空《セリカ》……ッ⁉」

「しまっ――ッ！」

ナムルスも、ル＝シルバも間に合わず、セリカの最期《さいご》をただ見守るしかない、そのタイミングで。

ただ一人、反応していた者がいた。

「ぉおおおおおおおおおおおおおおおおおおお──ッ！」

グレンだ。

グレンが、魔王の現れた空間の横合いから、すでに先読みで飛び込んでいたのだ。

「【愚者の《ペネト》──ッ！】」

グレンが突き出してくる拳銃の銃口に。

「──ッ!?」

魔王は慌てて、セリカへの攻撃を中断《キャンセル》し、空間を操作する。

グレンとセリカから、無限大の距離を広げて、その場を離脱する。

すかっ！

グレンの繰り出した銃口は魔王を捉えることなく、必滅の魔弾は不発に終わった。

「くそっ！　やっぱ、滅茶苦茶《めちゃくちゃ》、警戒されてるぜ……ッ！」

地団駄を踏むグレン。

そして、そんなグレンに並び立ち、セリカが薄く微笑《ほほえ》みながら言った。

「グレン、助かった。……ありがとうな」

「ああ！」

「お前がいると心強いよ。やっぱり、私は……お前がいないと駄目みたいだ」

「へっ、らしくねーぜ、お師匠様！　歳《とし》かぁ⁉」

グレンが不敵に笑いながら、遥《はる》か前方を見据える。

見れば、魔王が面倒臭そうにグレンを流し見ている。

だが、グレンを先に潰そうとすれば、その隙をセリカに突かれる。

セリカも魔王も、互いに当たれば一撃死の必殺を持っているだけに……魔王は、先にグレンを落とせない。

グレンが突くのは、まさにそこだ。

「サポートは脇役《おれ》の仕事だ。主役《おまえ》は全力でぶちかましてやれ！」

「ああ、任せろ！　バカ弟子！」

力強く頷《うなず》いて。

セリカは魔王へ左手を向け、再び呪文を唱え始める。

それを見て、グレンも拳銃を構えながら、魔王の側面に回り込むように駆け出すのであった——

そして、そんな風に、セリカと共に魔王と死闘を繰り広げながら、物思う。

(なんとなくわかるぜ。今頃、フェジテでは……戦っているんだろう？　お前らも)

ナムルスの指摘通り、未来の世界をさして今頃と称するのは、奇妙極まりないが……グレンとしては、そういう感覚なのだから仕方ない。

それに。

何か、こう繋がっている気がするのだ。

こんな遥かな時の流れを超えて、なお……グレンの掛け替えのない仲間達と。

こうして戦っていると、なぜか強くそう感じられるのだ。

(俺は……俺達は負けねえ……ッ！　必ずお前らの時代との因果を繋ぐ！　だから……お前らも負けるなよ……ッ！)

そう祈るように、思いながら。

グレンは、火打ち石式拳銃《フリントロック・ピストル》《クイーンキラー》を抜き――

魔王へ向かって、ブッ放すのであった――

あとがき

こんにちは、羊太郎《ひつじたろう》です。

今回、『ロクでなし魔術講師《まじゅつこうし》と禁忌教典《アカシックレコード》』第二十巻、刊行の運びとなりました。編集者並びに出版関係者の方々、そしてこの『ロクでなし』を支持してくださった読者の皆様方に無限の感謝を。

二十巻！　ついに二十巻ッ！　大台に乗りましたッ！

ここまで来られたのは、本当に『ロクでなし』を支持してくださった読者の皆様方のお陰です、本当にありがとうございますッッッ！

さて、今回の話はあれですね、〝一方その頃〟。

十八、十九巻で、グレンがセリカを追って旅立ち、過去の古代魔法文明時代で色々とすったもんだやっている間、フェジテでは――という話です。

グレンが不在の間も、フェジテでは最後の戦いが始まっており、様々なドラマが展開されているわけですが、この二十巻はそのフェジテにスポットを当てました。

主な登場人物は、リィエル、イヴ、アルベルトの三人。この三人の視点を中心に、フェジテで繰り広げられる最後の戦いが描かれたわけですが、その他にも多くのキャラクター達にスポットを当てました。ひょっとしたら、意外なキャラも登場したかも？

その他、今回、これまで『ロクでなし』を読んでくださった方ならば、ニヤリとできる要素をたっくさん盛り込んでみました！

やっぱり、最終決戦ですからね！　ある意味、お祭騒ぎみたいなもん（渦中《かちゅう》にあるキャラ達にはたまったもんじゃないでしょうが）なので、そこはもう前からやってみたかったことを、遠慮なくブチ込んでみました！

楽しんで頂けると作者冥利《みょうり》に尽きます！

しかし……ラストに近付けば近付くほど、色々と書きたいことが増えて、なかなか終わらない……当初、二十巻で〆《しめ》るという話はどこにいったんだろう？（笑）

それでも、確実にフィナーレには近付いています。もう僕の頭の中では、とっくにエンディングまでの道筋が出来上がっています。

後はそれを形にするだけ……最後まで全身全霊で頑張りますので、読者の皆様方、これからもどうかよろしくお願いします！

それと、Twitterで生存報告などやってますので、DMやリプで作品感想や応援メッセージなど頂けると、とても嬉《うれ》しいです。羊が調子に乗って、やる気MAXになります。ユーザー名は『@Taro_hituji』です。

それでは！　次は二十一巻でお会いしましょう！

羊太郎

お便りはこちらまで

〒一〇二‐八一七七
ファンタジア文庫編集部気付
羊太郎（様）宛
三嶋くろね（様）宛

富士見ファンタジア文庫

ロクでなし魔術講師《まじゅつこうし》と禁忌教典《アカシックレコード》20

令和４年２月20日　初版発行
令和６年10月25日　再版発行

著者――羊《ひつじ》　太郎《たろう》

発行者――山下直久

発　行――株式会社KADOKAWA
〒102-8177
東京都千代田区富士見2-13-3
0570-002-301（ナビダイヤル）

印刷所――株式会社KADOKAWA

製本所――株式会社KADOKAWA

※定価はカバーに表示してあります。
●お問い合わせ
https://www.kadokawa.co.jp/（「お問い合わせ」へお進みください）
※内容によっては、お答えできない場合があります。
※サポートは日本国内のみとさせていただきます。
※Japanese text only

ISBN978-4-04-074148-2　C0193　◆◇◇

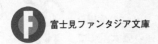

最強の初恋
シリーズ
好評発売中!
ファンタジア文庫

その男、
アード
元・最強の《魔王》さま。その強さ故に孤独となってしまった。只の村人に転生し、友だちを求めることになるのだが……？
ジニー
いじめられっ子のサキュバス。救世主のように助けてくれたアードのことを慕い、彼のハーレムを作ると宣言して!?
イリーナ
正義感あふれるエルフの少女（ちょっと負けず嫌い）。友達一号のアードを、いつも子犬のように追いかけている
神話に名を刻む史上最強の大魔王、ヴァルヴァトス。
王としての人生をやり尽くした彼は、平凡な人生に憧れ、数千年後、村人・アードへと転生するのだが……
魔法の力が劣化した現代では、手加減しても、アードは規格外極まる存在で!?　噂は広まり、嫁にしてほしいと言い寄ってくる女、次代の王へと担ぎ上げようとする王族、果ては命を狙う元配下が学園に押し掛けてくるのだが、
そんな連中を一蹴し、大魔王は己の道を邁進する……!

ファンタジア文庫
すべてを
蹂躙《じゅうりん》する。
史上最強の大魔王、村人Aに転生する
The Greatest Maou Is Reborned To Get Friends
下等妙人
イラスト／水野早桜
シリーズ好評発売中！

この少年
すべてが
天上優夜《てんじょうゆうや》
異世界で
レベルアップした結果、
最強の身体能力を
手に入れた少年
シリーズ好評発売中！

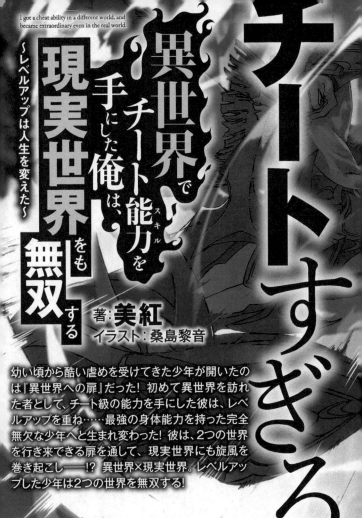

切り拓け！キミだけの王道
ファンタジア大賞
原稿募集中！
賞金
《大賞》300万円
《金賞》50万円
《銀賞》30万円
選考委員
細音啓「キミと僕の最後の戦場、あるいは世界が始まる聖戦」
橘公司「デート・ア・ライブ」
羊太郎「ロクでなし魔術講師と禁忌教典《アカシックレコード》」
ファンタジア文庫編集長
前期締切 8月末日
後期締切 2月末日
公式サイトはこちら！ https://www.fantasiataisho.com/